離人小説集

鈴木創士

Suzuki So-si

幻戯書房

輸入小説集

離人小説集

鈴木創士

Suzuki So-si

幻戯書房

離人小説集　目次

装画　二階堂はな
装幀　納谷衣美

既視

芥川龍之介と内田百閒

1

芥川龍之介の家は高台にある大きな屋敷であったが、屋敷全体を取り巻く空気はどこかしらもやもやとしていた。

家を出ると、龍之介と百閒は並んで坂の上から下を見下ろし、それから坂道を降りていった。空は抜けるように青く、正面はるか遠くに夏の雲があった。

夏の雲のなかを稲妻が走っている。いまにも嚙みつきそうな龍の形をした大きな雲はしばらくするとちぎれて、ルネッサンスの画家マンテーニャの雲になった。陽の当たるところだけが虹色を帯びた雲、その輪郭を縁取る非現実性はじつに貴重なものである。形があるのに形がない。どのようにそれをデッサンすればいいのであろうか。いま南の空を西から東へ見たこともないような別の雪山が動いていった。雲をあえて見ようとして見ていると、たまに物凄いやつに出くわすことがある。マンテーニャも描かなかったような雲である。なぜそれがこれほど非現実的に見えるのかどうしても分らない。別の雲、また別の日の雲……。

坂道を半分降りると、あたりは森閑としていた。かんかん照りであった。欅《けやき》が家の軒に覆いかぶさるように生い茂り、蟬がやかましく鳴いている。蟬の鳴き声は静けさそのものでしかない。静けさは耳鳴りがそうであるように実はいろいろな音でできている。音は耳のなかの未知の急所をかすめて、聞こえないくらいに一瞬わだかまり、それからすっかり消えてしまう。だから耳をすますと、よりいっそう静寂は増すのである。静寂は不定形な塊であった。

もう龍之介も百閒も雲など見てはいなかった。目の前の風景は去年と何も変わっていない。龍之介はふらふらしていたが、通い慣れた道だからであろうか、ジグザグにひょいひょい降りていくのである。痩せ細った後ろ姿は愉快そうにさえ見える。後ろ向きなのに細おもての横顔がこちら側まで透けて見えるようである。

こんな夏の日は芥川にとって和気藹々《あいあい》な感じがする。この気持ちはからだの奥深くに出し抜けに湧き出てくる。胸の奥がきゅっとなる。遠慮はいらないが、それでいてどこかに置き忘れてきたもののようである。龍之介の頭から何かが発散していた。百閒の心臓が鼓動を打った。道端に青い夏草が去年の約束のように伸びていた。坂道から下を眺めると、あたり一面、露光オーバーを起こしたように白っぽい。ハレーションのなかを歩きながら百閒は龍之介の背中をぼんやり見ていたが、煙草を吸おうと思って顔をしかめると、一服つけた。

龍之介も袂に手を突っ込んで金色蝙蝠《ゴールデンバット》とマッチを取り出した。それからマッチ箱をかしゃかしゃと二度振った。

「バットは五銭でないとバットじゃないね」

なぜか少しずつ夏の空気が膨張していく気配があった。その結果、空気は薄く、希薄になった。呼吸が少しばかり苦しい。猛暑のせいなのであろうか。ぎらぎらしていたはずの坂道も家並みもどこかしら薄く希薄になる一方であった。百閒は坂道にもう一度目をやった。蟬の鳴き声が一段と激しくなった。龍之介の後ろ姿はぐらぐらと揺れっぱなしの天秤のようである。

歩きながら龍之介が言った、

「君は屈折光学というものを知っているか」

「いや、わからない」

「そうか、でもこの坂道にはそれがあるんだ」

百閒が少し間を置いて言った、

「君、あんまり麻薬のやりすぎはよくないよ」

「君だって酒を飲むじゃないか」

「酒は旨いからいいんだ」

「そんなことあるもんか」

「麻薬はからだに毒だよ」

「いいから、さっさと歩きたまえ」

坂の下まで来ると、本屋があった。汗が吹き出ていた。百閒は山高帽を取って、しきりに手ぬぐいで頭を拭いている。

「待っていらまえ」

待っていたまえ、龍之介はそう言ったのであるが、何しろべろべろで、さっきからずっと呂律が怪しい。

本屋の通りは閑散としていた。百閒はまっ黒の詰襟を着て本屋の軒下に一人棒立ちになっていた。傘を飲み込んだ男のようである。手ぬぐいで丸眼鏡を拭いた。店の前の不分明な蔭のなかに、ずいぶん暗い感じのする庭石が置いてあるのが見えていた。場違いの極みであった。百閒は今年はとんでもない酷暑だなあとあらためて思った。

龍之介は店の奥まで行くと、番台に肘をつき、首をかしげて店主としきりに何か話している。昨日道端に落っことしてきた影法師のようにまだゆらゆらしたままである。前にどこかで見たありきたりの風景のようでもあった。百閒はそう思った。店主が硯《すずり》を差し出すと、龍之介が筆をとって何かを書いているのが外から見えた。百閒にとって唯一の友人であると言える痩せ細った作家は絵のように美しかった。暑さのせいなのか、百閒は逆光のなかで少しだけ気が遠のく感じがした。昨日も薄暗い蕎麦屋のなかから明るい暖簾の外を眺めていて、そんな気分に襲われたばかりであった。

百閒が待ちあぐねていると、長身のシルエットが活動写真のように店の奥からゆらゆらと現れた。今日、龍之介はむやみに大きく、まるで外国の大男のように見える。

「君は怖いよ、君を見ていると怖くなる」、

店から出た龍之介がそう言いながら、包みを差し出した。

包み紙の中身は本で、『湖南の扇』と題されていた。表紙裏に「恵存　内田百閒様　芥川龍之介」と墨の署名がしてある。

「本屋で自分の本を買うのは、何かしら損した気持ちになるねえ、どうも居心地が悪いものだよ」、

龍之介はそう言って少し顔を歪《ゆが》めた。

それから二人は黙って停車場のほうへぶらぶら歩いて行ったが、途中で反対方向に別れた。龍之介はどこかへ出向く用事があるらしく、百閒は家に帰るつもりであったので、乗る電車が別々であった。通りはなおも閑散としていた。電車はなかなか来なかったので、百閒は憮然《ぶぜん》として停車場に一人突っ立っていた。

2

昼間にべろべろの芥川に会ったからであろうか、夕方になっても百閒は落ち着かなかった。夕餉《ゆうげ》のお膳でぼんやり取りとめのないことを考えていたが、金の算段について考えるのはやめにした。

だが澄江堂主人芥川龍之介から本を頂戴したその日の夜、またしても内田百鬼園先生の枕元で妙なことが起きた。これがはじめてではないが、出来事はそのつどはじめて起こるのである。

酒を二合ほど飲んで床についた。夜はいつもコップに水を入れて枕元に置いておく習慣があるのだが、寝入りばなに誰かにいきなり顔に水をひっかけられたのである。顔はびしょ濡れになった。飛び起きてみると、コップの水は半分になっていたが、コップは倒れもしないでそのままになっている。深更の家になんの気配もない。あたりは夜のせせらぎのほとりにいるように静まり返っていた。河童が現れかねないあの川の水はきっと今も澄んでいるに違いない、と百閒は咄嗟《とっさ》に思った。

「橋の上ゆ胡瓜なくれは水ひひきすなはち見ゆる禿の頭」。

そんな芥川の冷やかしが一瞬百閒の脳裡をよぎったかと思いきや、間髪をおかずにいびきが始まっていた。この家の主人《あるじ》のいびき以外にもう何の物音もしなかった。

「僕は夜が怖いんだ、消しゴムを噛んでいるような気がする」、
以前、その年の春だったか、漱石門下の盛大な会合の帰り道、百閒は芥川の顔をじっと見据えてそう言ったことがあった。

夜の寝床で何度も顔に水がかけられるし、百閒はほんとうに夜が来るのを恐れていた。夕方に野原で道に迷ったりすると、うろがきてしまい、どうしようかと思って胸先が苦しくなってしまうのである。

はじめて芥川の家を探していた時のことである。いつまでも日が暮れないなと思っていたのに、いつの間にか日はとっぷり暮れていた。目の前には黒々とした木々があった。原っぱ全体が質量をともなった重い闇の塊になっていた。向こうに点々と灯りはじめた家々の明かりがぼんやりと見えているだけである。夕餉の支度をしているのであろうか。暗がりで蛙か何かが鳴いているのが聞こえた。自分はどこにいるのだろうか。何をしているのか。どちらに歩けばいいのだろう。冷汗が背中を伝った。裸土からむせ返るようなきつい土の香りがしていた。水たまりがあるのか、所々青い明かりが地面に残っている。そこにたまたま人がいたとしても、魔術幻燈に映る影絵のようで形も定かでなく、なおさら怖いに違いなかった。

「僕は夜なんかちっとも怖くないし、消しゴムも噛みはしない、怖いのは君だよ、部屋のなかで山高帽をかぶったままの君が怖いのと同じくらい今も怖いよ」、芥川は上目づかいにそう言った。

芥川の面差しからは頑固さが透けて見えた。強情さはほとんど天賦の才と言っても過言ではなく、その強情さは名づけようのない弱さに包まれていた。

芥川の目はキチガイのように鋭かった。彼はいつも百閒をろくに見もしないで顔を歪めた。最近、芥川の友人が発狂して病院に入院したという事件があったばかりである。芥川はこの友人にある種の親しみを感じていた。この親しみは彼に対する憐憫《れんびん》ではなく、芥川一流の神経質な深い理解であった。芥川は彼にテラコッタの半身像を贈ったことがあった。この友人は悪魔に憑かれたのだと芥川は考えていた。

先日、芥川家を辞するとき、百閒は電車賃がないことに気づいた。

「悪いが、電車賃を貸してもらえないだろうか」

「いいとも、そこで待っていらまえ」

そう言うと、芥川は二つある二階の階段の小さいほうの梯子《はしご》段をよろよろと降りて行った。新婚早々、電車賃のことで芥川は妻に無駄遣いをしてはいけないと小言を言ったことがあったが、百閒はそのことを知っていた。

以前も、百閒が金に困って芥川に相談をしたとき、その場で百円札を渡してくれたものである。百円は大金だったのでびっくりしたが、芥川は欄間の横にかけてあった額の後ろから手品師のようにひょいっと百円札を取り出した。その日は逆光のなかの芥川の表情はわからなかったが、あの日も今日のように暑い夏の一日だったのであろうか。札が陽の光にひらひら輝いていたのを覚えている。

「失礼ながら、お母様も、奥さんも、君のことは何もわかっていないね。僕にはわかるんだ。漱石先生門下では、鈴木三重吉君と君だけだよ」、

芥川は珍しくそんなこと言いながら、百閒には目もくれないで、べろべろの様子で長髪の頭をぼりぼり掻いていた。

一階に行ったきり芥川がなかなか戻ってこないので、百閒は二階の欄干から身を乗り出して庭を見下ろした。

蟬が鳴いている。雀が一羽西の空から飛んできて、火傷しそうな庭の石灯籠の上にとまった。太陽がぎらぎらしている。百閒は三崎のお寺の火事を思い出した。

寺は海辺の崖の上に建っていた。喀血《かっけつ》した友人が療養のためにそこに滞在していたのであるが、寺を訪ねてみると、びっくりするほど美しい娘さんがいて、甲斐甲斐しくご馳走を出してくれた。その一年後、いつぞやの大火の折、火の粉が風に煽られてお寺に燃え移ったのであった。燃え盛るお堂は火だるまになって崖から海のなかへスローモーションのように転げ落ちた。火の粉を撒き散らしながら、崖に打ち寄せる波が海に溶けた夕日のようにまっ赤に染まった。

あの綺麗な娘さんはどうなったのであろうかと考えて、百閒は自分の考えを急いで打ち消した。百閒はお堂が燃えて転げ落ちるところを見たわけではなかったし、三崎の海と同じように手品のごとくお寺はまだ崖の上にそのまま建っているかもしれないと思い直しもしたが、もしそうであれば、そのほうが怖いとも思った。この目で見なかったものは、なかったも同然なのである。

しばらくすると芥川が反対側の梯子段からゆらゆらと姿を現した。二階から階下へ通ずる階段は二つあったので、その一つからべろべろの芥川が手のひらを小銭でいっぱいにして上がってきた。また蟬が一斉に鳴き始めた。山盛りの小銭が目の前の手のひらのなかにあった。何度も言うが、今年の夏は酷暑である。蟬がひっきりなしに鳴いている。芥川の裾がはだけて、蒼白い脛《すね》がむき出しになっている。肩のあたりから湯気ではない何かが揺らめいて蒸発しているのが百閒にはわかった。狐《きつね》か、それとも悪魔に憑かれたような目をして芥川が両手を差し出した。

「ここから好きならけ取りたまえ、僕は両手を使っているから取れやしない」

百閒は芥川の両手のなかのおびただしい数の小銭の山から十銭玉をひとつだけつまんだ。

「では、おいとまするよ」

「うん、さようなら」

百閒が立ち去ろうとすると、後ろで小銭を落とす音が聞こえた。百閒はまだ苦虫を嚙み潰したような顔をしていた。小銭はじゃらじゃら音を立てて、畳の上をあちこちに転がっていった。黒檀の机の前に芥川の薄っぺらい後ろ姿だけがあった。百閒の目の端でそれがゆらゆらと揺れているのである。それは芥川であって、芥川ではなかった。突然、蟬の鳴き声はやんでいた。そこいらじゅうが小銭だらけになっていた。

3

以前、まだ元気なように見えた頃、芥川は客がいても一人でしゃべり続けた。客間にほかの客や百閒がいても、君は怖いよ、そんなところに山高帽をかぶったまま黙って座っているんだもの、と言ったきり、馬鹿にはしゃいで、それでいて自分の目の前には誰もいないかのように、それともそこにいる全員が自分の不分明なアルテル・エゴか何かにすぎないかのように、あらぬ方を向いて、誰に語りかけるともなく、無闇に文学や哲学について論じ立て、しゃべり続けた。その頃すでに午前中からかなりの量をやっていたバーゼル製の睡眠薬ヴェロナールが効いていたらしく、芥川は不可解な多幸感に包まれているようであった。彼は異様に饒舌《じょうぜつ》であった。百閒はどうも勝手が違うなと思っていつも早々に引き上げた。

「芥川の身のまわりが何となくもやもやしてゐる様で気味が悪い」、ずっと後になって百閒はそう書いていたが、当時そのことを人に言ったりすることはなかった。それでも百閒は目を見開いて闇夜のなかの白いもやもやを見るともなく見ようとしていた。気違いが気違いを見ている。そんな百閒を芥川は怖がったのである。

芥川にはまだ仕事への意欲がほんの少しは残されているように思えた。あんなべろべろでどうやって仕事ができるのだろうかと百閒は訝《いぶか》った。芥川は自分をむやみに鼓舞していたのかもしれないが、鏡に映ったもう一人の自分との行き来が間遠になり、戦いは終局に差しかかっていた。

いつも芥川には夏の明るい坂道が見えていた。

坂。道。坂道。夏の坂道。明るい坂道。明るい、夏の、坂道。明るい、夏の、ひと気のない、坂道。……言葉は鏡の回廊に映る自分の姿のように、堂々巡りのごとく同一のものがただ増殖していくばかりであった。

夏の坂道はしんと静まり返って、少しだけ物悲しい。それがまたいいのである。自分のからだが今まだここで生きているのがわかるというものである。ゴールデンバットを吸いながら袂《たもと》に片手を突っ込んで、芥川はそこを何事もなく降りて行く。実際、何事もないのである。芥川は長身である。だから坂の下がよく見えた。気分はすこぶる良かった。幸せであった。外国のタンゴが聞こえてくるようであった。


芥川龍之介は汗牛充棟の蔵書のなかにただ埋もれていただけではない。芥川は阿呆ではなかった。久米正雄に託した彼の遺書とも言える『或る阿呆の一生』には、こんな一章がある。

「彼は大きい檞《かし》の木の下に先生の本を読んでゐた。檞の木は秋の日の光の中に一枚の葉さえ動さなかつた。どこか空中に硝子の皿を垂れた秤《はかり》が一つ、丁度平衡を保つてゐる。――彼は先生の本を読みながら、かふ云う光景を感じてゐた。……」。

これで全部である。

晩年の芥川、半睡半醒の風人はいつもぐらぐらしていた。そして秤はぐらぐら揺れてはいなかった。秋の林の向こうに秤が浮いていて、なぜ空中に秤があるのかわからなかったが、芥川はそれを張りつめた鋭い目で見ていた。風はそよともしない。五年ほど前、関東大震災のときには、風に混じって道端の死体から杏《あんず》の匂いがしたが、芥川は案外それも悪くないのではないかと思った。

しかし秤は厳しい。大木は堂々としていてよそよそしい。大気も張りつめたまま彼を冷たく拒んでいる。おまけに二つの皿は透明なガラスでできている。透明なのだから、あってないような秤の皿はなおも平衡を保って、そこには何ものっかっていない。魂が秤にかけられたのであろうか。平衡を保つには反対側の皿に見えない分銅がのっていたのかもしれない。何ものっかっていないと見えたのは、見えなかっただけなのであろうか。何もない秤、それとも無をのせた秤、そして片方には目には見えない分銅があった。芥川はものごとを秤にかけることにもう耐えられなくなっていた。居並ぶ先生たちの本は何の役にも立たなかった。尊敬する漱石先生の本も同じであった。

4

百閒が大貧乏時代に突入する寸前のことである。切羽詰まった百閒に芥川が金の都合を按配してくれたことがあった。ある書店に話をつけて千円調達してくれたのである。芥川と百閒は車で下町にあったバラック建ての本屋へ行くと、すぐに千円を受け取ることができた。芥川はその本屋に立ち寄れば活動写真の撮影をしなければならない約束があって、それが待っているのでほんとうは行くのを嫌がっていたが、まあ、君のためだ、仕方がない、と言って気安く承諾してくれた。

撮影のとき、君も入れと芥川が言うので、百閒も往来に出て、相変わらず苦虫を嚙みつぶしたような顔で並んで写真に入った。百閒は他の人たちに対して失礼に見えるくらい憮然としていた。傘を呑み込んだままの男は相変わらず黙ったままであった。自分がとんでもない間抜けのように思えた。そのくせ自分はどんな風に写るのであろうかと思った。結局、百閒にその写真を見る機会は訪れなかった。

その折に世話をしてくれた本屋の編集人から、七月二十四日の朝、突然百閒に電話があったのである。坂道を二人で降りた日から、二、三日が経っていた。

「芥川さんがお亡くなりになりました。麻薬をたくさん召し上がって自殺されたのです。ご存知ないかと思いまして……」

百閒はそのときどう返事をしたのか覚えていないと随筆のなかに書いていたが、ぼんやりとだがほんとうは覚えていた。彼はめったに書かない嘘を書いたのである。

「今年はひどい酷暑でふね。あるがとうございました」、

と百閒は電話口で言ったのである。

それを言ったのは自分で、芥川であるはずはなかった。

二、三日前に、芥川家を辞するときの光景が百閒の脳裡に蘇った。

蘇ったように思えたのは確かであるが、これをほんとうに見たのか、これから見る光景なのか、どうもわけがわからなくなった。いや、これは間違いなくどこかで前に見た

光景であった。寸分たがわぬ同じ光景であったが、それがいつ、どこで起こったことなのかを無駄に探るより、この後先のない広大な記憶のなかにほんとうに芥川と自分がいたのかどうかを確かめることが先決であった。しかし芥川は死んでしまったし、自分としても確証を得ることなどどだい無理な話であるのは最初からわかっていた。もうそんなことはどうでもいいではないか。百閒は綽然《しゃくぜん》としてそう考えた。探しているものはすでにここに見つかっているのであるし、それを自分は知らなかっただけである。百閒はあらためてそう思った。そしてなんとか思い出すことのできた記憶の内と外の風景もすでにもやもやしたままだったのであるが、もっとも、あの風景なのか、それともまた別の風景なのかはやはり確かめようがなかったけれど、例の気味の悪さはとっくに雲散霧消していたのである。

玄関の外に奥さんが一番下の赤ちゃんを抱いて佇《たたず》んでいる。暑い夏の日が照りつけている。子供たちが前庭で遊んでいたのだと思う。百閒の立っている場所からは影法師のような子供たちの表情をうかがい知ることはできなかった。行ってらっしゃいまし、と言う奥さんの明るい声だけがやけに大きく響いていた。子供たちも何かを言った。菓子折を抱えた芥川はいちいちそれに応えていたが、こちらにやってこようとして、思い出したようにもう一度門のところまで戻ると、赤ちゃんに、はいはい、と言ってまた手を振ったり声をかけたりしている。それがとても長い時間続いたように思えた。庭には背の高い欅の木があった。木造の門は開いたままであった。蟬が鳴いていた。

焼け焦げたような庭の土が見えた。奥さんや子供たちが黒い点々のように点在していた。他には目のなかに点在するものはなく、百閒が思い出せるどんな事柄のなかにもなく、すでに色褪《あ》せた写真のなかに写っているようにまばらな時計の針はすでに動きを止めたか、いまにも止めようとしていた。思い出したように、夏の蟬が再び一斉にやかましく鳴き始めた。

強い日差しがまぶしかった。百閒の眼には、陽の光は夢ともうつつとも知れないものであったが、それだけがやけに鮮明であったことを覚えている。強い日差しの当たった塀のそばに大きな犬がいた。犬は吠えていたようにも思うが、鳴き声を聞いたのかどうか定かでなかった。二人で降りた坂道の下に続く道が閑散としていたように、そしてどの道もいつも閑散としていたように、内田百閒がいま見ている情景も閑散としていた。静けさのなかでその一瞬がこうして永久に停止したかに思えた。

芥川家の家族の肖像。スナップ写真のような。それからそれは少しずつ遠のき、陽炎《かげろう》のように再びゆらゆらと揺らぎ始めて、涙目が見ているごとく、芥川の顔も、奥さんも、子供たちもぼやけて見分けがつかなくなった。そこに犬はいたのであろうか。どのみち犬の鳴き声は夏の一日にほとんど溶けてしまい、もう百閒に聞こえているはずはなかった。

漱石門下であった二人の作家の間には特別な友情があったように思われる。なんと言えばいいのだろうか。共有されることのない二つの「神経」を通して見られた感応とでも言えばよいのであろうか。二人の作家はそれによって互いをよく直感したのだと思われる。芥川が死んだ後に書かれた、『饒舌録』に収録された谷崎潤一郎の文章をはじめとする他の作家評論家たちのコメントと、芥川についての百閒の随筆を比べてみれば、それは一目瞭然であった。

丘の上の義足

アルチュール・ランボー

パリ・コミューン派の敗北、血まみれの一週間も終わって、一年が経っていた。

革命はついえたと誰もが思っていた。パリのバリケードは崩壊し、死者の数は数え切れず、いたるところで通りから腐臭がしていた。フランスは国家の体をなさず、すでに終わっていた。鴉《からす》の大群が旋回していた。誰も見てはいないのに、ざわめくナラの梢《こずえ》が見える。それが見えるのだ。フランスの野が広がっている。自然はしおれ、おお、聖者たちよ、あちこちで最後の砦である唯一の孤独の場所をあらゆるものが荒廃させていた。パリ・コミューンは奴らの因果とも、俺の因果律とも何の関係もない、とランボーは考えた。それが革命なのだ。原因と結果は砂時計のようにたえずひっくり返り、入れ替わっていた。いくら悲惨な事件があちこちで降って湧いたとしても、バリケードが陥落したとしても、奴らの狼狽と奴らのあたふたとした時間のなかにそんなものは存在しなかったも同然なのだろう。だからこそパリ・コミューンは実際に在ったのである。

雨の日が続いていた。驟雨《しゅうう》は石畳の血を洗い流しはしなかった。大量の血を吸った石畳は、いずれ何年か、何十年か、何百年か後に引っぱがされるだろう。ヒューヒュー音を立てる砲弾の赤い炎は病人が吐く痰《たん》のようだった。不意に目を覚ました母たちはおびえて泣いていた。死には道程などなく、それはそのままそこに在った。「夏と、草と、おまえの喜びのなかにいる、哀れな死者たちよ！」

ヴェルサイユ自治政府だって？　コミューンをぶっ潰した首班ティエールのことを少年ランボーは心底憎んだ。八つ裂きにしても足りなかった。だが苛立ちなど何の足しにもならない。遠くに調子っぱずれのラッパの音が聞こえている。ランボーはひとりっきりで鼻歌をうたった。ほっつき歩きながら糞《くそ》みたいな鼻歌をうたった。どうして自分が歩いているのかわからなかった。俺は何としてもこの俺の外に出て行きたいのだ。木がヴァイオリンになったとしても、木の落ち度ではない。ヴァイオリンは木のことなんか忘れてぎこぎこ鳴りっぱなしだ。

流血週間の起きる一週間前、彼は学校の教師とその友人の詩人（でも結局は教授だ）に宛てて手紙を書いているが、そのなかに挿入した詩にはこうある。

春が来たのは間違いない、というのも
緑の領地の中心から
飛び立つティエール大統領とピカール自治大臣が
その華麗さを大きく広げたままにしておくからだ

おお、五月よ！　なんというとんでもない丸出しの尻どもなんだ！
セーヴル、ムードン、バニュー、アスニエールよ、
いいから聞けよ、待ちに待った客人が
春のあれこれを撒き散らす音を！

ティエールとピカールは能なしの色気違い、

ヘリオトロープの盗っ人だ、
石油を使ってコローばりの絵を描いている、
ほら見ろよ、奴らの部隊をコガネムシにしちまうぜ……

奴ら、いかさま大王とは大の仲良しだ！……
グラジオラスのなかに横たわり、ファーブルの野郎
目をぱちぱちやって空涙を流し
胡椒でも嗅いだみたいに鼻を鳴らしてる！

おまえらが石油のシャワーを浴びせても
大都会の敷石は熱く焼けてるし、
どう考えても俺たちが
仕事にはげめとおまえらをどやしつけねばならないのだ……

そして長々としゃがみ込み
のうのうとしている田舎者たちは
赤い砲弾の飛び交うなかで
小枝が折れる音を聞くだろう！

もう少しで十八歳になるランボーにまたやりきれない夏がやってきた。彼は夏が大嫌いだった。季節はひとつしかない。地獄の季節。肉体をともなった地獄だ。生活だ。ああ、生活！　汗みずくになるとやりきれない田舎を思い出してしまう。夏が少しでも姿を現わすと死にそうになるし、壊疽《えそ》になるほど喉が渇く。去年は雨の降り続いたあの嫌な夏に髪の毛がずいぶん伸びた。
夏は凹《へこ》んで、夏の柘植《つげ》からは麝香《じゃこう》猫の匂いが少しした。破れたポケットからは干し草の抹香臭い香りしかしなかった。故郷のシャルルヴィルでは退屈で血反吐をはきそうだったし、いつも閑散として、さえない幽霊さえまばらで、泥を食っている気分になる。向こうで故郷はいつもどんよりと霞んでランボーを拒んでいる。いくら頭蓋骨のなかで鳴り響く新しい響きを求めようと、いかに平静を装おうと、あらゆるものが停滞し、完全な停止を免れているものはなかった。動いているように見えるのはどんな風にでもある幻だけなのだ。この故郷の町など外国に占領されてしまえ、と彼は思っていた。

出発はしない。いつもそう思ったが、どうして、どうして、いつも出発することになった。出発ではなく、道を辿り直し、もう同じ場所ではありえない元へと戻り、どうやって何もかも終えるのかを考えるべきかもしれない。田舎の出であった彼は家出を繰り返しては、ほかの何の変哲もない田舎から田舎へ仕方なくうろつきはしたけれど、馬鈴薯と地酒ビールになど何の未練もなかった。懐かしいのはアルデンヌを出てベルギーへ向かう途中の川や洞窟だけだ。

歩きながら暑さで発狂しそうになるので、目の焦点を合わさないでいた。きらきらする葉叢《はむら》やカメムシが緑の宝石のように見えることもあったが、いつもだらしない身なりで木陰に座っていた。前をじっと見ていた。白目をむいた少年。お前たちのことなど見たくもなかったのだ。あとはビストロで給仕の娘をからかったり、羊の肩肉を食って、黙り込んでわざと不機嫌な顔をしてやった。
　田舎者のカフェのボーイの奴らは意地が悪かった。まったくこいつらときたらとんだお笑い草だった。ギャルソンたちは彼のことをガキだと思って馬鹿にしていたが、ガキはカフェやビストロでビールをあおっていた。一筋のかすかな光が、それでも給仕の娘の乳房の上やあらわな肌のあいだをひらひら飛び回っていた。給仕の娘はランボーに笑いかけ、ランボーはそれをじっと見ていたが、喜劇を全滅させる光はまだほかにもあることがわかっていた。鼻腔のなかは空気でいっぱいだった。本も読みあさったが飽きてしまった。教師の持っている本など全部読んでもたかが知れている。

　だからコミューン勃発の年の二月に労働者たちのパリへと出奔したのだった。四月には血まみれの動乱まっただなかのパリへ。四度目の出奔だった。いいかげん田舎の生活はうんざりしていたし、もう限界だった。あちこちからどっと笑い声が聞こえた。幻聴ではなかった。嫌な笑い声だとランボーは思った。ポケットは破れたままだったし、石版画で見たパリとは似ても似つかない。ランボーは夢のなかでしか銃を持ってパリに行けなかったし、街頭で人も殺せず、兵舎から兵舎へうろうろするしかなかったが、少年の彼はそんなものを見て知ってしまう前から、街には殺人鬼や下等な悪魔たちが呆けた古老のように徘徊していることを直観していた。それともあの狙撃兵の少年のひとりはランボーだったのだろうか。通りは敵の野蛮人だらけだった。

教会の前では、乞食に身をやつした蒼白い手の天使が物乞いしていた。奴はすでに気がふれていたのか、ときおり宙を指差しては、唾を飛ばしながらぶつぶつラテン語を独りごちていた。ものすごく流暢なラテン語だったが、意味はでたらめだった。天使はところどころ黒焦げになった古い壁の前に座っていたが、そこには人型のしみが浮き出ていて、しみは椅子に結わえつけられた老いぼれの影に似ていたし、影でできた指はイボだらけだった。そこに天使の姿はもうなかった。そして天使など知らない臆病者たちにとって愛の大盤振舞いは癲癇《てんかん》の発作でしかなかった。

田舎ではビール、パリではアブサンを浴びるほど飲んだ。アブサンは洗練された酒だったが、あとで糞のなかで寝るはめになった。いつも無賃乗車だったが、ひと気のない駅で途中下車しては、明るい大熊座の下で心臓のそばまで足を持ち上げて靴紐を結んだ。

ボロ靴はお気に入りの星をちりばめたリュートだ。ボロ靴を奏でた。朗唱だってできる。
「幻想的な影のまんなかで韻を踏み、俺は心臓のそばに片足を持ち上げて、竪琴みたいに、おんぼろ靴のゴム紐を引っ張っていた！」

誰も彼を見てはいない。誰も見てはならない。ランボーは闇のなかで自分の手を見つめた。手相に星座がはりついている。夜の空に細く青い雲が立ち上っていた。星空からカサカサいう音が聞こえてきて、彼は少し身震いした。それから道端でゲロを吐いた。俺は魔術の研究をやっているのだ。

家出と学校のことで口論になった後、一度だけあの陰気で気丈な母親が窓の外を見ながら泣いている後ろ姿を見たことがあった。外は雨だった。ランボーは心を痛めた。それから彼は心を痛めるなんて柄にもないことだと思い直した。父とはずっと会っていなかった。父が家を出てもうずいぶんになる。普通の生活はもうやらない、被告人の境遇なのだから、とランボーは言っていた。俺は遅れてきた世代だ、それどころか一緒に革命のパリ行きを誘える十代の若き同志なんて田舎にはいなかったのだ。親友のドラエーですら無理だった。絶対に勉強なんかするもんか、と飛び抜けて聡明な彼は言い放った。

俺は決して働かない、ストライキの最中なのだ。

九月にヴェルレーヌの誘いでまたパリへやってきたのだが、あちこちの家を転々とするか、その辺の道端で眠った。家々はどこも蛾《が》の群がる灯火の下で暗かった。いつも口のなかに煙草のいがらっぽい味が残っていた。パンを盗んだ常習犯と間違えられて、パン屋では相手にされなかった。髪の毛と爪がまた伸びた。

ヴェルレーヌはランボーを引っ張り回した。いろんな人に紹介したがった。あちこちで喧嘩になった。文学者たちの会にも行くはめになった。気鋭の詩人だと評判だったマラルメにも会ったが、ランボーは何も感じなかったし、興味を覚えなかった。ジョッキと安物のパイプが目の端に見えただけだ。マラルメもバンヴィルもどうでもよかった。嫌いだった。ほんとうは詩人としてのヴェルレーヌも好きではなかった。想像を絶するものだけが相手だ。いつもそう思った。野獣はどこかで悲嘆の嗚咽《おえつ》を人知れずもらしているに違いない。かさかさの手で棺桶の蓋を持ち上げ、なかに座って、骸骨の上に横たわり、窒息すること。馬鹿みたいだ。しばしばランボーは、ずっと黙り込んでいたかと思うと、パリの詩人たちに対して突然怒りを爆発させた。激しい怒りだった。声は上ずり、田舎訛《なま》りの生意気でぞんざいな口をきいて、仕込み杖を振り回した。たいていは追い出されるのが常だった。気の合う友だちだといえる詩人は、まもなくカフェ・タブレで出会うことになる放浪者のようなジェルマン・ヌーヴォーだけだ。

ヴェルレーヌは奥さんと揉《も》めてばかりいたし、彼とは最初に会ったときからすでに腐れ縁のような気がしていたが、それが間違いの元だった。奥さんからの送金もあった。うんざりしては、また仲直りした。ヴェルレーヌのセンチメンタルなところには苛々した。こいつは駄目な野郎だと思った。すべてが滑稽なセンチメンタル・ジャーニーのなかにあったのだ。ほんとうの生活がなかった。ランボーはそのことにいつも苛立った。あらゆるものが軽すぎる。何にとって軽いのだろう。人生を変えることのできる秘密の鍵を握っているのは誰なのか。何なのか。ヴェルレーヌはねちねちしていて、ときどき悪魔的で悪辣なところがあった。ヴェルレーヌはランボーに対して気まぐれで意地悪だったが、ランボーも冷淡な態度を崩さなかった。ああ、エニシダの丘の向こうにあるはずの小さな泉はなかなか見つからないだろう。ランボーは嫌気がさして一度シャルルヴイルへ帰っていたが、今年の五月にまたパリへ舞い戻った。

また夏だ。じっと動かぬ太陽をまぶしそうに見上げたりするもんか。彼の沈みかけの小舟は重い舳先《へさき》を上げて、見たこともない悲惨の港へ向かう。そんなことは承知の上だった。舟はいくら進んでも、ぶ厚い霧はじっと動かない。船尾でとめどなくよだれを垂らす心臓があった。ヤニの臭いがした。そいつはやけくその鼓動を打っていた。俺の自由は魂のなかと肉体のなかに真実を所有しているのに、いまこのとき鼓動を打つものが真の終わりを迎えることはほんとうにあるのだろうか。俺の魂は古い。新しい魂など最悪だ。荒れ狂う嵐の日に舟が沈んで、いつか自分の骸骨は水に酔っ払うのだろうか。空には七月の燃える漏斗《じょうご》があった。

「俺を磔《はりつけ》にした千の愛よ！」

俺はだまされていたのか。喜びは痙攣をともなっていたのか。あれは全部幻覚だったのか。

臆病者どもが停車場に溢れていた。巨大な泥の都市から火が上がるのが見えた。すべてのドラマは終わった。同じ砂漠と同じ夜だけがあった。それでも若い彼はあちこち徘徊するのをやめなかった。魂自体がすごく古いからなのか、自分がますます老人のように思えた。歩けば歩くほど、世界は光とともに万華鏡のなかに閉じ込められていく。言葉はそこで乱反射している。彼はそれを見たかった。別の目でそれを注意深く見なければならなかった。あとは目を瞑《つむ》る必要さえないだろう。

＊

八時頃からうとうとしていたのだが、目覚めると真夜中だった。学友だったエルネスト・ドラエーに手紙を書くつもりだ。まずその前に仕事をする。

白い紙が目の前にあって、白紙にはいくつか隠れた中心がうごめいているのだが、それらの中心は突然逃げるように遠のき、その奥行きが紙のなか、その向こうにぼんやりと見えている。それは時間の奥行きでもあるのだが、ページの表面を満たしているものはいったい何なのか。それはどんな空白でもどんな無為でもない。空白があるとすれば、それは目をくらませる空白でしかない。満艦飾の洗濯物がはためく船、焦げた港、燃え上がる空、間延びした巨人のような老人たち、崩れ落ちた橋、若々しい極貧状態がページの上に現れるのを待った。

そのあと眩暈《めまい》とともに俺自身も少しずつ遠ざかる。言葉がはじめからもっていた言葉の無のなかへ。俺自身の中心が頭と肉体のなかを自由に移動して、俺から出ていくのがわかる。紙の表面が重い光を反射しているのが見える。ペンの滑る音が聞こえる。誰が書いているのだろう。君なのか？　彼なのか？　俺なのか？　紙の表面にさざ波がたち始め、溶けて海に混じってしまったようだった。

そこに未来の時間が、純白の時間が、そこへは誰も到達できぬまま広がっているに違いないが、それではあまりに単純すぎるのだ。新しい時間。始まりだけからなる時間。始まりだけからなる、途絶えることのない、空間を切り裂く、身震いするような時間。そこには無の始まりしかない。ああ、終わらせることが先決なのかもしれない。だがまだ何も始まってはいない。そしていつもあらぬ方向からやってくる閃光がそんな空白の時間を一瞬で消してしまう。だから彼は凶暴な獲物を待ち伏せる狩人のように身構える。何が起ころうとも獲物を逃してはならない。

ここは屋根裏部屋だ。部屋はムッシュー・ル・プランス通りにあって、下のサン・ルイ高校の庭に面している。夜のカルチエ・ラタン。春の終わりにもリュクサンブール公園は不快なほど暑かった。もう夏だ。狭苦しい窓から古い巨木が暗がりのなかに見える。群青色の絵の具で塗ったような木々はひっそりと息をしている。木の瘤《こぶ》が死んだ人間たちの顔のように見え始める。靄《もや》と煙でできた人間たち。彼らが大気のなかにいるのがわかる。それもまたひとつの眺めであり、あの遠近法の大胆な秘密が夜に向かって供しているものなのだ。いくつもの顔がまっ暗闇のなかを人を小馬鹿にしたように地面から立ちのぼってくる。顔は少しずつ崩れて、やがて消えてしまうが、五感を解放できるあのたったひとつの機会はいったいどこにあるのか。ハッシシのことを言っているのではない。俺はまだ海を見たことがなかった。

見張り番の魂よ、
そっと打ち明け話を呟《つぶや》こう
あんなにもくだらぬ夜と
燃え上がる昼について。

そこに希望はないし、
いかなる夜明けもない。
忍耐とともにある科学、
責め苦は
確実だ。

また見つかった。
何が？――永遠。
太陽とともに

行った海だ。

窓からほぼ満月に近い月が見える。月は薄雲のあいだを少しずつ動いている。外から見ると、俺の窓辺にはぼんやりと薄明かりが灯っているのがわかるはずだ。

俺たちはこの世にいない。

月のそばですでに明けの明星が光っている。田舎ではきっと誰かがいま丘を登っていくところなのだろう。丘はぼんやりと月光の薄明かりに照らされている。そいつが手に取るようにわかる。だってそれは俺だからだ。平野は静まり返っている。すべてがずっと昔に起こったことのように思える。妙な気分だ。

「俺がずっと劣等人種だったことは俺にはしごく明白だ。どん百姓の俺は聖地へ旅をしただろう。俺の脳裡には、シュヴァーベンの平野を通る街道、ビザンチンの眺め、ソリムの城壁が浮かんでいる。マリアへの崇拝、十字架にかけられた男への憐れみが、世俗の無数の夢幻の光景のさなかにあって、俺のうちに目覚める。癩《らい》病の俺は、太陽に蝕まれた壁際で、割れた甕と蕁麻《いらくさ》の上に座っている。前世紀には俺は何者だったのか？　俺には今日の自分しか見出せない。浮浪者たちはいないし、漠然とした戦争もない。劣等人種がすべてを覆ってしまった……」。

そんな風に書こうとも、空から見える星はまたたくばかりでじっと動かないし、ここまで落ちてくることもない。地面は黒く、湿り気を帯びていて、遠い砂漠のようにまだ銀色に光ってはいなかった。

だがここまで道を辿り直したのであれば、未来の自分が黒焦げになっているのが紙の上に見えるかもしれない。出発したのだから、彼は出発したのだし、やむにやまれずこれからも出発するだろう。彼はただの通行人にすぎない。

「ほら、俺はアルモリックの浜辺にいる。夕方になれば、街々に火が灯るといい。俺の一日は終わった。俺はヨーロッパを去る。海の大気が俺の肺を焦がすだろう。僻地の気候が俺の肌を焼くだろう。泳ぎ、草を踏みしだき、狩りをし、とりわけ煙草を吸う。煮えたぎるような金属の強いリキュールを飲む――あれらの親愛なる先祖の人たちが焚き火を囲んでやっていたように」。

ここらへんで改行してもいい。

「鉄の四肢、黒ずんだ肌、怒った目をして、俺は舞い戻るだろう。俺の顔つきを見て、人は俺を強い人種の出身だと思うだろう。俺は黄金を手にするだろう。俺はぶらぶらし、粗暴になるだろう。女たちは暑い国から戻ったこれらの獰猛な不具者たちの世話をする。俺は政治的事件に巻き込まれるだろう。救われるのだ。いまや俺は呪われているし、祖国なんか大嫌いだ。一番いいのは、砂浜で酔いつぶれて眠ってしまうことだ」。

俺は不具者になってフランスへ舞い戻るのか。……そんな風に俺は書いているのだから、そうなるだろう……

（……妹のイザベルの心配そうな顔が目に浮かぶ。俺の脚は切断されるだろう。俺は杖をつき、壁にもたれて、間抜けのふりをするだろう。気の毒な商売人を気取ってやる。手数料は払わない。俺は身動きできない丸太になって、丘の上まで運んでもらうだろう。丘は丘でも、シャルルヴィルの丘じゃない。義足の世話になるだろう。激痛を覚えるだろう。阿片かモルヒネをもらえばいい。火星の空に浮かんでいれば、義足もいらないだろうに。約束は反故《ほご》になった。俺が反故にしたのだ。さらば、祖国よ、さらば、家族よ！　俺のフランス製の義足はフランスへの最後の土産になるだろう。きっと俺は歩きすぎたのだ。

そうなる前に俺はエチオピアに流れ着くだろう。たぶんあそこは荒涼たる月面世界だ。すでに重力崩壊が起きて久しいし、俺の白い麻の上下はすっかり砂にまみれるだろう。ズボンはぶかぶかで、顔はまっ黒、サンテチエンヌ銃で武装している。これには笑っちまう。俺の砂漠の旅は一年はかかるだろう。ハラルにはいつ戻れるかわからない。土はからからで、雨なんか未来永劫《えいごう》降ることはないだろう。現代的な都市だって！　笑わせるな。飢餓と疫病、そいつがこの荒廃した都市の理想だ。オガディン人が道端に座っている。一日中鼻くそをほじり、つばを吐き、屁をひり、何もしないで石の上に座ったままだ。毎日、眠りのない同じ日が延々と続く。今日がいつなのかもわからない。虫の大群も、風に舞い上がる通りのゴミも、大地ですらも奴らを無視している。道に迷うことなんかない。道がないからだ。真の生活がここにあるだって？　冗談じゃない。そんなものはない。俺はぶらぶらしている。俺のこの退屈を何とかしてほしい。

友人たちがまだ俺のことを覚えていてくれれば、便りをくれるだろう。「君の便りを待っている、首を長くして」。俺は友人に手紙を書くだろうか。十七年後なんてすぐにやってくる。奇跡が起これば、俺たちはきっと砂漠ですれ違うかもしれない。「おお、ランボーじゃないか」「やあ」「元気か?」「まあな」「いつフランスに戻る?」「戻らない」……。

そのあと俺はもうアデンにはいないだろう。いつだって出発するしかないのだ。俺は腹心の部下をもつだろう。善良で献身的な部下は砂漠で斃《たお》れるだろう。俺はがりがりになって、それでもしぶとく生き残るだろう。商売はことごとく失敗するし、月の砂漠の行軍、キャラバン隊は砂にまみれてほぼ全滅するだろう。でも黄金を手にするのだから、あとは野となれ山となれだ。俺はずっと金のことを考え続けているが、ほんとうは金のことなどどうだっていいのだ。金に無縁なのはわかっている……)

……朝の三時をまわった。灯していた蠟燭がほとんど消えかかっている。そいつを眺めていたら、巨木のなかの鳥たちがいっせいに囀《さえず》り始めた。ちっ、ちっ、ちっ。小鳥たちとともに、昨日の昼の出来事、些事《さじ》も大事も俺からすでに遠く離れていく。ちぇっ、小鳥たちはじっとしてはくれない。とにかく遠くへ行こう、そんな風に俺と俺の肉体が俺にしつこく囁《ささや》きかける。たとえ未来永劫に思える数日、数カ月のあいだ、この場にずっととどまっていようとも。

聞こえない音楽が聞こえるのだから、朝の最初のひと時は実にすがすがしい。月か火星にいたとすれば、俺の死んだからだはたぶんこんな感じなのだろう。俺は空中に浮いているのだし、脚だっていらなかった。後ろで大音響の音楽が鳴り響いている。実際には、かつて俺は人が提供するろくでもない音楽のほかは聞いたことがなかった。だが、そうではない。そんなことはちっとも重要ではない。朝の月は痛ましい。朝の太陽も痛ましい。

今日という日は終わった。これでおしまいなのだ。だが何が終わるのだろうか。それを俺に言ってもらいたいものだ。もう仕事はやらない。あたりはまだしんとしている。静まり返った高校の寄宿舎の黒々とした影が見える。ふと気がつくと、俺はさっきからまたしてもうっとりして、馬鹿みたいに目の前の木々を見つめていた。

我にかえると、紙片の上にそいつが浮き出てきたかのように言葉があった。書いた紙を引き出しにしまう。いくつかの言葉。具体的で、矛盾した絵のような言葉。未開の言葉。アルファベットの隙間から弱々しく奇妙な光が射している。

今日はもう見直しはやらない。朝の光。幽霊たちのシルエットは消えた。俺は三メートル四方の美しい部屋にいる。太陽が顔をのぞかすと、屋根瓦の裏からわらじ虫が這い出してくる。そろそろそんな時刻なのだろう。這い出したわらじ虫は屋根から下へまっ逆さまに転げ落ちる。大通りのほうから荷車の通るときれとぎれの音が響いてくる。俺は屋根瓦の上につばを吐く。口笛を吹きながら、槌《つち》型のパイプを手にとって火をつける。今日はほどよく疲れた。煙は何の形も結ばず、すぐにかき消えてしまう。夏は嫌いだが、ここの夏の早朝だけは俺をほんとうにうっとりさせる。十二月の夕暮れにいるように俺は透き通る。汗臭さなんか存在しない。尾骶骨《びていこつ》のあたりがむずむずする。背骨に沿ってかすかな身震いが頭のてっぺんまで上ってくる。俺は幸福の研究をやっているのだ。

俺は眠らずに、窒息しようとしているのか。五時になったので、パンを買いに階下へ降りていこう。そこのパン屋だけは俺に愛想がいい。あちこちで労働者たちが動き出す気配がし始める。その時間なのだ。朝のかすかな喧騒が遠くに立ち上り、向こうで砂煙のようにわだかまっている。今日の街はこそ泥みたいな俺を追いかけてはこない。すぐそこにある街はそれでもずいぶん遠くにある。リュクサンブール公園は今日も暑くなりそうだ。

俺にとっては、酒屋に行って酔っ払う時間だ。俺には限度というものがないし、そのことはわかっている。カフェ・バ・ランはソルボンヌ広場に面したヴィクトル・クザン通りの角にあって、反対側はスフロ通りに面しているが、昨日はそこで一晩中水を飲んでいた。水だけを。朝が来たのもわからなかった。今日は、安酒で酔っ払ったら七時には部屋に戻って、少し食ってから横になろう。

＊

一八七四年三月、ジェルマン・ヌーヴォーとともにロンドンへ。一度、シャルルヴィルへ戻る。母親は怒り狂ってずっと小言を言い続けていた。ドイツ語がやりたくなった。シュトゥットガルトへ行こう。そこでならきっと勉強ができる。歩いてストラスブールを越えれば、そう遠くない。いくつか詩を書いた。俺は自分の心臓を攻撃した。古めかしいファンファーレが聞こえる。俺は俺の肉体にとめどなく命令を下した。そいつがくたばってしまうまで。ロンドンでも書いた。総タイトルは『イリュミナシオン』にしよう。原稿はジェルマンに託せばいい。去年はヴェルレーヌとずっと険悪だった。奴は酔っ払ってとうとう俺に拳銃を発射しやがった。ヴェルレーヌは信仰に戻った。あんな奴のことなどもうどうでもいい。

夢が冷えてくるときの感触が好きだ。俺はずっと草地を歩いていた。池には朽ちた小舟が浮かんでいた。雲のなかに氷の宮殿が見え隠れしていたし、湖底にはグランドピアノがあった。俺は酒場で歴史を学んだ。もう俺には伝言などありえないのだから、お前たちを追い払う奴らがあちこちで幅を利かせることになるだろう。だがそれで終わりではないし、俺の知ったことではない。新しい天体はどこにあるのだろうか。新しい人間たちはいるのだろうか。俺を引きずり回し、俺を殴りつけたあの押し寄せる群衆と大気のおぞましさはいつの間にか消えていた。やっとこの丘までたどり着いた。丘はエニシダに覆われている。泉はまだ遠い。

えにしだの道とぎれなむラムボオよ口笛吹きつつこの世は終りぬ

喉がひどく乾く。夜が明けかかっていた。俺は丘の上に腰かけた。もう二十歳になったのだから、老人のようにだろうか。俺は老人だった。これで眼下の町を一望のもとに見下ろせる。一睡もしていなかった。陽が昇り始める。朝だ。俺はくたびれて、阿呆みたいにただただ眺めていた……。

俺は夏の夜明けを抱きしめた。

宮殿の正面ではまだ何も動いてはいなかった。水は死んでいた。影でできた野営地は森の道を立ち去ってはいなかった。俺は歩いた、清々しく生暖かい息を目覚めさせながら、すると宝石がじっと見つめ、そして翼が音もなく舞い上がった。

最初の企ては、爽やかで蒼白い輝きにすでに満ちた小道にあって、俺にその名を告げた一輪の花だった。

俺が黄金色の滝に笑いかけると、滝は樅《もみ》の木越しに髪を振り乱した。銀色に輝く梢に俺は女神を認めた。

それで俺は一枚ずつヴェールをはがしたのだ。並木道では、腕を振りながら。平野を通って、俺は雄鶏に彼女を密告した。大都市では、彼女は鐘楼とドームの間を逃げてゆき、俺は大理石の河岸を乞食のように走って、彼女を追いかけるのだった。

街道を登ったところ、月桂樹の森の近くで、俺は寄せ集めたヴェールで彼女を包んだ、そして俺は少しだけ巨大な肉体を感じた。夜明けと子供が森の下のほうに落ちてきた。

目覚めると正午だった。

ここまで歩いてきて、子供はどこまで落ちていったのだろうか。いや、そんなに下までではない。子供はここまで落ちてきただけだった。いつもここだけがあって、他処ではなかった。子供である俺はほんとうに他処に行きたかった。でもこの徹底的な欠乏状態のなかには未曾有の豪奢がまだ目の前にあるような気がしたのだ。このうっとりするような光景のなかで、巨大な滝の女神はランボーをどうしようとしていたのか。子供は夜明けの別名だった。

*

それからほんとうに長い旅が始まった。またしても出発は性懲りもなく繰り返された。どうしようもないのだ。ランボーはアルプスを越えた。故郷の家では妹のヴィタリーが死んだ。ウィーンの警察によって国外追放になった。オランダの外人部隊を脱走した。サーカスにも雇われた。ケルン、ブレーメン、ストックホルム、マルセイユ、ロッシュ、ジェノヴァ、キプロス島、アレクサンドリアなどなどを経て、アデン、そしてハラルに辿り着く。カイロにも立ち寄った。ギザのピラミットに落書きした。ハラルの代理店で仕事をした。がらんとした事務所で支店長もやった。仕事はほとんどなかった。商売のこと、金儲けのことだけを考えた。通りを野良犬がうろついていた。梅毒にかかった。

キャラバン隊を組んだ。武器を売るために死の砂漠を行軍した。だまされてばかりだった。気がつくと、またしてもひとりっきりだった。本物の月を、その銀色の光と砂の上を這う大きな蠍《さそり》を見た。そばには誰も、ハイエナすらいなかった。俺が可愛がっていたアビシニアの女とも別れた。

彼はヨーロッパ中の地図を消して歩いたのである。

とっくの昔にランボーは書けるすべてを書いてしまった。もう書くことは何も残ってはいなかった。アビシニアの砂漠は彼に新しい文字をけっして教えなかった。ほんとうに伝言などなかったのだ。

一八九一年二月にハラルで右脚にものすごい激痛が走り、ランボーは歩けなくなる。最後の麻痺が始まる。担架に乗せられ、アフリカからフランスのマルセイユへ送還され、五月になって病院で右脚を切断される。癌《がん》の進行をとどめることはできない。全身の悪い血がランボーを溺れさせた。それから野うさぎが虹に祈りを捧げた。紫色の芽を吹いた林のなかで野生の百合がランボーにもうすぐ夏だと告げた。またあの嫌な夏……。

丘の上では狼たちが狼煙《のろし》を上げていた。……
ランボーは義足をはずした。

コンセプシオン病院。死の床の浅い眠りのなかで、ランボーは丘の上にいる夢を見ていた。変なうわごとを言いながら。死の床のランボーにはまだ言葉が取り憑いていた。
彼は最後に力のない笑みを浮かべた。

ジャン・ニコラ・アルチュール・ランボーが二十歳そこそこで詩を捨てたことについては、多くのインクが費やされたし、その後ひそかに書かれた詩があるのではないかと考える人たちもいた。しかし筆者はそのひとりではない。なぜならランボーはすべてを書いてしまったと考えるからである。『イリュミナシオン』のような作品を書いてしまった後に、どのようにして、どのような詩が書けるというのか。それほど彼の若くてみずみずしいヴィジョンのなかには、すでに老成の重い気配が一瞬の閃光のようによぎることがあった。それが叡智と言われるものであったかどうかはさておき、これほどの野蛮な洗練と気難しさは人生を破壊してしまうことがあるのだ。

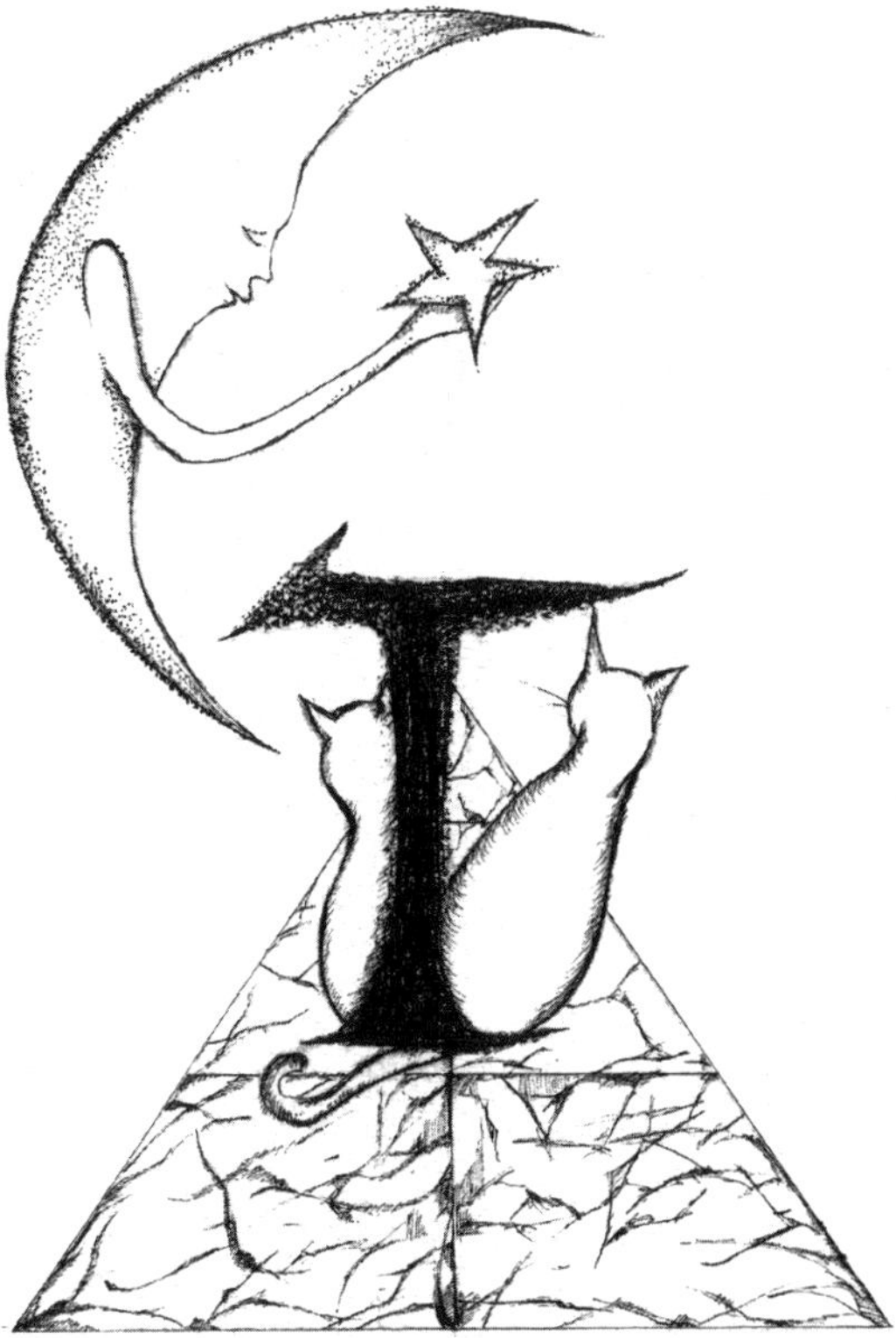

ガス燈ソナタ

稲垣足穂

エミルの机の上にずっとあった六角柱形の香水壜《びん》はとっくの昔に中味が蒸発して、壜口に結んであった朽葉色のリボンはぼろぼろに朽ちていたが、はげた金色のレッテルには蝙蝠の絵が描いてあって、蝙蝠はばさばさと音を立てる寸前であったし、朽葉色は元はといえば夕陽が沈んだ後のトワイライトみたいに菫《すみれ》色であったはずである。古畳が少し傾いているこの九段坂の何もない部屋で、辻潤がそっと置いていってくれた、箱に星の絵が描いてあるスターのシケモクをくゆらしながらつくづくこれを眺めていると、中学生の頃に父の目を盗んでは鼻先にいつもこっそり当てていたこの硝子容器から儚《はかな》い香水の香りが立ち昇るように、死んだ友だちの透明なガラスのような顔が明滅したままほのかに現れ、軒の下にぼんやり浮かんでいたのが思い出された。それは幽霊や人魂のたぐいなどではなく、最近まで虚無僧をやっていた辻潤が見せてくれた、しわくちゃの虚空蔵菩薩像の絵葉書の顔に似ていなくもなかった。

他のものは、貰った帯も着物も羽織も服も、カーテンもインク壺も眼鏡もみんな質屋に入ってしまったのに、この香水壜だけはずっと手元にあった。大昔に三日月の校章のついた学生帽をかぶって毎日通ったユーカリの樹に囲まれた並木道で、春の黄昏時になると、緑のアーケードにずっとひとりで佇みそれを待っていたかのように、太初の闇に消えてしまったはずの少年の丸い顔が自然とエミルに合図を送るのであった。少年の目配せは、香水が蒸発するにつれて消えてしまったはずの時の流れを遡り、南に輝く星座のように凝固してしまったかのようであったし、少年の表情は澄み渡ったまま変わらなかったが、あるいはそれは未来から送られてくる合図であったかもしれない。

エミルにとって時間は遅れに遅れ、ずんずん遅れて遠のき、時計自体が溶けてしまい、間延びしたように薄くなってしまっていた。現在という結晶化した瞬間は砕け散ったガラスをかすめるようにはるか後方へと退いて、そもそも時間は未来から過去へと下るか細い川であって、われわれが考えているのとは反対方向に流れ去ってしまうからであろうか、かつての少年の死に顔は、現在という時間のたゆたいのなかには居づらそうで、それでもじつはどう考えても未来の夜でしかない夜空にブリキかボール紙に描いた絵のように張りついていて、消滅寸前に動かなくなった、水に白い絵の具を垂らしたような白色矮星のにぶい最期の輝きみたいに、そしてエミルが遠い未来の都会の夜にすでにいて、驚いたことに、ここが肝心な点であるが、それを今ここでこうして見ているかのように瞬いていたのである。友だちはピストルをこめかみに当ててあっけなく自殺したのであったが、首を吊ったあの人のように、あるいはふざけてわざとそうやったように、舌を出した顔がずっとエミルの脳裡にこびりついていて、かのヴェデキントの「春の目覚め」のちょっとした騒動のような、あるいは薄荷《ハッカ》のように不穏で青っぽい落ち着かない春の宵のそれとない香りとともに、それがエミルの目の前に少しずつ迫ってくるのであった。

久しぶりの神戸の街であった。手が小刻みに震えていたが、からだの芯のほうへ何かが融けていったかと思いきや、それが優しくエミルを包んだ。懐かしさも手伝ってさしたる目的もなく昼間にここへやってきたとき、山本通りの奥まった蔦《つた》のからむ家からソナタを弾くつたないピアノの音が聞こえていたからである。そういえば昔、ここら辺りを散歩するときにいつも聞こえていたピアノの音とまったく同じであった。巻き戻された活動写真の何の変哲もない風景のなかにいるように、かつても今も何ひとつ変わるところがない。変わるところがないどころか、これはまったく数学的に同一の現象なのである。

この音が聞こえるぎりぎりの場所はスペクトラムの端っこにあり、さらにその外には消滅しかかっている菫色の人たちしかいないのだ、エミルよ、そんな人たちが住む家がそこの細い坂道の上に見えるようではないか。そしてこの瞬間に世界は崩壊し、不思議なことに、瞬時にまたしても再生しているではないか。神経症的と言えるまでに厳密であって、幾分か洒落てもいる幾何学的書割りでありながら、それでいてあってないようなこの薄まった風景は、だから海を望む地方都市の昼下がりの坂道にどこからともなく聞こえてくる、同じフレーズを練習する下手くそなピアノの音色を伴っていなければならなかった。この感じは、エミルにとってはカストリか何かの毒酒をあおって九段坂のいつもと変わらぬ酩酊《めいてい》の昼下がりにいるのとは、久しぶりに一味も二味も違っていた。

懐かしい路地を入ると、小さな初老の外国婦人が道端に佇んで洋館を見上げながら涙を拭っていた。おそらくいまは亡き父母が暮らしていた家なのであろう。それほど大きくないアーリー・アメリカン風の家はいまは蔦に覆われて人の住んでいる気配はない。きっと彼女はこの家を見に神戸を訪れたのである。以前にも見た光景だとエミルは思った。

道を下ると、いいお天気なのに、相合傘の見知らぬ二人連れが前を歩いていた。紳士のほうは季節外れのずいぶん上等そうなツイードの背広を着て、立派な革の長靴《ちょうか》を履いていたが、ズボンはアメリカの水兵が履くようなぶかぶかでよれよれである。連れの女性はエキゾチックな眉をした若い女で、からだがひどく左に傾いていた。紳士はエミルのほうを振り返って軽く会釈をした。エミルもまたまるで幽霊でも見たように紳士に思わず会釈を返したのであるが、見知らぬ人であったし、誰か後ろに知り合いでもいるのかと思いなおして急いで振り向いてみたものの、エミルの後ろにはひとっ子ひとりいなかったのである。しかし紳士はエミルに旧知の間柄のように会釈したのであった。あたりにハヴァナ煙草の強く甘い香りがしていた。エミルが振り返った先の誰もいない向こう側には、葉巻の香りとともにガンマ線のような見えない何かが放電していて、ただただ垂直と平行と斜線だけからなる西洋絵画のような下りの道が目の端にあった。

紐に結わえた二匹の黒猫を連れた少女がカンバスを抱えてハンター邸の坂道を駆け降りていくのが見えた。緩やかなカーブを描いて土埃が上がっていた。明るい坂の上から眺めていると、この未来派もどきの痩せた少女は鉛筆のように細くて一本の棒のようだったが、風で白い夏の帽子が脱げた彼女のショートカットもまた鉛筆の芯のように黒々としていた。鉛筆の芯は二匹のまっくろ黒助と三角形をなしていて、下界の空中世界を（こんな坂道から見下ろすとそんな風に見えるのだ）、ありふれた——しかしいつの時代なのかわからない——世紀末の白昼のしじまをやけに強調する時計のチックタックのように際立たせていた。チックタックがとりあえず最小の時間の単位であると仮定すれば、この場合、一千秒のなかの一秒という瞬間は時間の全体に属してはいないのである。そのとき心臓がどきどき鼓動を打っているのがエミルにはわかった。

そして負の曲率を持ったこの双曲幾何学的空間にはすぐさま三つの点が新たに与えら

れることになったはずであったが、少女と二匹の黒猫からなるこの三角形は、もしかしたらキリコの絵の昼下がりに登場していたかもしれないこの少女や黒猫などただの影絵にすぎず、はじめからそこにはいなかったかのように、しばらくすると抛物線《ほうぶつせん》を描くようにして中山手通りに出る角のほうへあっけなく消えてしまった。この抛物線は謎めいていて、おまけに洒落ているなとエミルはすぐさま思ったが、その三角形はまたもやどこかに、あるいはここにこそすぐに現れるはずである。ここには、ある直線がこの直線上にない任意の一点を通る可能性がそれこそ無限にあるはずだからである。

これははたして少年少女によるお芝居「春の目覚め」の何かの演技の効果なのであろうか。余計なものであるともいえるエミル自身の存在は舞台の上ではどうなってしまうのか……。だからこそ思い出すまでもなく、お芝居はいつも空間の不思議な歪みのなかにあったことになるのだ。そしてエミルがもう一度振り返ってみると、山本通りにもう紳士たちの姿はなく、ハヴァナ煙草の香りがほんのり漂っているばかりであった。

そういえば、この坂道と中山手通りの交差点辺りまで南側から上ってくると、緩やかな起伏が一瞬見えるのだが、そこは坂下であって同時に坂上でもあるような錯覚に襲われることがあった。特に雨がすっかりあがった後、日差しのきつい夏の日などは特にそうであった。エミルは同じような場所を麻布飯倉一丁目から赤羽橋へ向かう路面電車道で虎ノ門から登りきったあたりに見つけていたが、鞍《くら》型二次元ロバチェフスキー面とも言えるこんな場所にいると、お臍《へそ》のあたりがむずむずして、見えないガラスに遮蔽されているように感じることがあった。だがこれはマイナスの符号のついている面をもった空間自体が放つ何らかの合図であったのではあるまいか。

合図にもいろいろある。

まるでリーマン空間の上に軽々と立っていて、そこで生み出される時間リズムの感覚を生まれつきそなえてしまったような現代音楽家アントン・ヴェーベルンは、ナチス・ドイツが「春の目覚め」作戦の失敗の後に全面降伏することになった年の九月のある宵、ウィーンを逃れてザルツブルク近郊の娘の家に避難していたのであるが、ヴェランダで煙草を吸っていたとき、オーストリアをすでに占領していたアメリカ兵によって射殺された。戦争はすでに終わっていたし、明らかな誤射であった。娘婿は元ナチの親衛隊で、闇取引に関与していたため、ヴェランダでちらちらする煙草の蛍の光が闇取引の合図であると勘違いされたのであった。たしかに蛍の光は一種の時間の点描であり、かすかに動いているような錯覚をもたらす幾何学的消点の振動であり、さらに向こう側には神が不在である遠近法的空間におけるひとつの錯誤であって、それでもかぐわしい褐色煙草の香りのする二十世紀的フーガの厳密なる対位法によるものであった。

ヴェーベルンは射殺される少し前から黙り込むようになっていた。ヴェーベルンの音色は明晰で奇妙で、それでいて沈黙のなかに湧き出るようにして念入りに選び取られていたが、旋律らしからぬ旋律であるその生と死のセリーは、エミルの好きないくつかの前衛絵画がそうであるように、ある種の不穏な跳躍をいつも内に秘めていた。この跳躍はどんな生半可な感覚にとっても予測不能であり、世紀が醸し出す不安そのものであった。われわれはいつもそのなかにいるのである！　悲しいかな、ヴェーベルンは言ってみれば塹壕《ざんごう》の音楽を奏でながらそんな死に方をする運命にあったのだ。そして闇取引の音楽、それもまたひとつのまぎれもない合図だったのである。

今どこかの教授が世界のどこかの片隅で黒板に奇妙な図形を描いているところである。数学は世界線が存在することを明らかにしたが、その線は今ここまで延びている！ヴェーベルンの死んだ九月、おお、感覚の九月よ！べらぼうなことだ！詩人のルイ・アラゴンにならって、山本通りを歩きながらエミルはそう口にしてみた。すると苦悩かそれとも歓喜に耐えかねたように、猫草の生えた路地からまたしてもまっくろ黒助が一匹飛び出してきて、一瞬立ち止まると、にゃーとエミルにそれらしからぬ合図を送るのであった。なるほど！またしても合図であった。目くばせのように、そこはかとなくニトログリセリンの臭いまでするではないか。そうだとすると、たいていこんな結果になるものだとエミルはつくづく感心した。だがはたしてどんな結果なのであろうか。これはその場から遠ざかり、それ自身から逸脱し続ける星雲のおこぼれの結末であると思うしかないし、星屑が偶然もたらす機械状唯物論であろう。そしてこれとてもたとえ部屋の片隅で動かない小さな鬼を睨みつけながら二階の三畳の部屋にいたとしても同じことであった。ともかくそんな内側の因果が六月の宵の、海を臨む都会の片隅をつくっていることは間違いなかった。どうやっても同じ事が起こるのだ。それが今日エミルに兆し始めた考えであった。

夕暮れになれば、きっと二匹の蝙蝠が現在という時を切り裂くようにガス燈のまわりをジグザグに飛び交うであろう。永遠の現在、とエミルは口にしてみた。ガス燈の明かりはレントゲン写真のようなものである。レントゲンによってスカスカになったガイコツ蝙蝠、そのアンテナは永遠の現在だけを感知する。そして永遠の現在もまた蝙蝠を感知し、逃がしはしない。永遠の現在が後方へ退けば、すぐ瞬時に機械仕掛けの蝙蝠はそれを追いかけるに決まっている。前方には水銀色の明かりが灯っていて、蝙蝠と対をなしている。この映すものと映されるものとの対比はうっとりするほど美しいのだが、しかしそれは夜になればのことである。この場合、永遠の現在が退く後方とは未来の方向にあって、過去は一巡してあやふやな四次元時空の時間のなかに埋もれてしまっているかもしれない。これもまた夕暮れのありきたりのフーガの技法であって、手品のようにめまぐるしくもインチキめいた対位法であったのだが、エミルは蝙蝠を見るために双眼鏡を持ってこなかったことを後悔した。双眼鏡はすでに質屋に入って久しかった。

夕日もすっかり沈んだので、また山本通りを歩いていると、お月様が笑っていた。昔のことであるが、お月様をピストルで撃ち落としたり、そいつを拾ってズボンのポケットに入れたまま、トアロードをすました顔をしてぶらつくことを思いついたりしたものだが、お月様は横柄な感じで今もそこにあった。お月様のずっと下のほうでは、ががやがやと騒ぐ人たちの声があった。知らぬ間にその人混みのなかから誰かがそばにやってきたようであった。

突然、エミルの耳元で、

「むかつく」という声がした。

（……さらにもっと昔の話だが、こんなことがあった……）お月様が西の空からすたこら逃げて、屋根の陰に隠れて見えなくなった。おっ！　お月様は通りの角にある小さなバーに入ったように思ったので、追いかけてみると、カウンターには紳士がひとりいるだけであった。珍しくずっと走りどおしでふらふらになったので、カウンターの紳士の隣によっこらせと腰を下ろした。息が切れていたし、黙っていた。うつむいたバーテンダーの顔は暗く、何本もの斜線を引かれたようにさらに影だらけになっている。バーには音楽はかかっておらず、静まり返っていた。ウヰスキーをぐびっとやったが、自分のポケットが三角形にやけに光るので、何かと思って探っていると、カルシウム臭いにおいがして、パチンと何かが弾けて煙が上がった。バーの扉のほうを振り向くと、お月様が転がりながら逃げてゆくのが見えた。

　すると突然、

「このへんでよかろう」という声がエミルの耳元で聞こえた。

気がつくと、バーも紳士もバーテンも消えていて、昨日になっていた。そいつは昨日のお月様だったのである。

　以前は、トアロードを登りながら、お月様にすごんでみせたりしたものだが、あいつはなかなかどうして喧嘩も強く、太刀打ちできない。後ろから近づいておもむろに横っ面を張り倒してやりたかったが、なかなかそうもいかない。だからピストルでお月様を撃ち落とすことを思いついたのであったが、ある晩エミルが、不動坂の急勾配に建っていた友だちの下宿でごろごろしていたとき、暗い廊下の三角形の窓から東の空に狙いを定めてピストルを撃ってみたことがあった。パチンと何かが弾けて煙が上がり、どさっと何かが落ちてきた。表に出て拾ってみると、ただのボール紙に描かれたぺらぺらのまっくろ黒助であった。辺りにはまたしてもカルシウムの焼けるような臭いが立ち昇っていた。人通りのない道端の反対側から、おかっぱ頭の小さな女の子が暗がりのなかから睨みつけるようにエミルを見ていた。女の子は青鼻を垂らしていたが、青鼻はかちかちに乾いていた。

いつのまに月撃ち落とす秋の空狂いもせずに猶も悲しき
明かり消し闇を裂いては撃ち落とすポケットの中の月は出るまじ

ピストルは中華街の手品師からもらった古い代物だったが、案の定ドイツ製の本物であった。いつもぼろ切れで磨いたりしながらピストルを撫でては眺めすがめつしていたが、こいつもまたなかなか手強いやつで、調子に乗って懐に入れて持ち歩いていたりすると、いつもやたら撃ちたくなる衝動に駆られてしまってどうすることもできなくなるのである。金属の冷たさと火薬の臭いがなんともいえず、嫌いではなかったのだが、それでも物騒なので捨ててしまった。

花隈《はなくま》近くのドブにピストルを投げ捨てたとき、不覚にもつまずいて自分もドブにはまってしまった。ほんとうに頭にきた。エミルの全身はぶるぶると小刻みに震えていた。どうしても怒りがおさまらなかった。ピストルをドブに捨てたあと、少し臭うドブの水でびしょ濡れになったまま、恨みを込めて城壁のある坂の下から空を見上げると、何とまたしてもお月様が笑っていたので、よけいに癪《しやく》にさわった。

月明かりに照らし出された城壁は無意味に建造されたとしかどうしても思えなかった。どうしてこんなものがあるのか！　城壁などというものはたいてい妙によそよそしいところがある。威張りくさっているものは全部嫌いである。この世は黒魔術の城塞である、とあちこちの精神病院を盥回《たらい》しにされたフランスの詩人が言っていたが、その考えは間違っていない。それに目的も用途もない建物だってあるのだ。世界が現に在っても、それはそれで意味などないのと同断である。もしかしたらどこかのキ印がつくったのかもしれないが、世界とはまた別箇に世界があって、それからつけ足しのように建造物があるといった風に、まったく無意味な建物がそれでもこの世界のなかにはいくつかあるのである。それはそれで面白いじゃないか、とヒルティーのファンが話していたことがあったが、この親切なヒルティー・ファンは黙ってエミルに五円都合してくれた。青甍《いらか》のアパートを追い出された頃のことである。

ただただ目の前に登り坂が続いていた。今朝は太陽がどの方向から昇ったのかエミルにはもはや見当もつかなかったが、ピストルも捨ててしまったし、とにかく坂道を登るよりほかにやることはなかった。なおもお月様は笑っていたし、朝まで雨もよいだった空はすっかり晴れ渡り、夜の雲がぽつんと浮かんでいた。エミルはといえば、濡れ鼠の情けない有様だった。坂道には誰も歩いていなかったし、車も走っていなかった。ガンマ線が放電しているだけであったし、まっくろ黒助も見かけなかった。

仕方なくびしょ濡れのまま思い直して坂道を登りかけるとすぐに、

「ねえ、いつも君とこうして一緒に坂道を歩いていた気がするね……」

という声がまたしてもエミルの耳元で聞こえた。坂の上のほうでは大きな星がくるくると回転していた。

山本通りの角まで来ると、すぐ北側に石の塀があり、その奥にとても立派なトアホテルがあるのだが、これは東洋随一の超高級ホテルで、ドイツ風建築の偉容を誇っていた。実際には日本人が建てたと聞かされていたが、建築家が誰なのか知らなかったし、まあ、エミルには縁のないホテルであった。いつも守衛が仰々しく控えていたし、石塀のなかまでずかずか入っていくのは気が引けた。残飯をあさりに来た浮浪者に間違えられるのは御免であった。

振り返ってみると、山本通りのガス燈が幾重にも並んでいるのがぼんやり見えた。中世のモテットが聞こえるようであった。バッハより古いポリフォニーの音楽である。鉄のような音と言葉のモテット。宇宙は完全なる音の光学機械であるという考えがまたしてもエミルの脳裡をかすめた。球状宇宙を滑って旅してきた音の像というものがあるのだ。直線のはずが、水銀色の明かりは円く、それでいてガス燈はジグザクに並んでいるようにしか見えない。たいていの直線は実は直線ではないのである。さっきまであれほど晴れていたのに、靄がかかり始めて、直線の果てはどこもかしこもどんづまりのような気がしていた。先日、青いシャツを貰い受けるために茗荷谷《みょうがだに》の若夫婦のところへ行ったときも、そんな感じがしたのであった。お節介な誰かが言っていた、「君も絶食でもすればきっと憑き物が落ちるだろう」。つまらない御託である。

十五年前にどんづまりのコリントン卿という人がいたが、邪悪な笑みをたたえる海軍中将である彼は、とどのつまりどんづまりの中国にいたこともあったが、ポーランドに帰ってもありふれた幻覚を見ていただけであった。世界は広いが、どんづまりだらけであることは自明なのである。

「布団をひっかぶって寝ておればいい！」

そう言われても仕方あるまい。だから震えながら水滴の雫のように蓮の葉の上に落ちないで座っている輩がいたりもするのであるが、これはある種の奇跡であり、べらぼうすぎる運命の悪戯であった。コリントン卿はエミルの創作で、エミルの最新データを寄せ集めたにすぎなかったし、実在などしてはいなかった。あるいは超新星のようにかつては存在したはずであったとも言い得るのであるが、証拠はないし、それはそれで時間を冒瀆することであった。

エミルはトアロードを下って行った。もしこの世のものならぬ物がこの世にあるとすれば、宵の迫る気配がやけにそいつを彼に見させてくれる予感がしていた。星がいつもよりきらめいていた。理由もなく今度は自分がボール紙の黒猫になってしまいたいと思った。この感じは嫌ではない。ピストルなんかもう金輪際必要ないのである。たいていはこのまま南下して、元町界隈までぶらぶら降りていくのだが、今夜はどこか様子が違った。星座の一番端にいるのだから、自分はたぶん元町までは辿り着くことはないだろう。エミルはふとそう思った。いつだってエミルには散歩の発端も終わりも見出せないのであったが、それは九段坂にいるときのように彼を危地に追い込む鬼と対面するのとはまったく違う趣きがあった。

久しぶりの神戸なのに、そう言われてみると、今夜は蝙蝠を一匹も見なかった。少し寒気がしたが、今は六月なのか、夏の盛りなのか、十二月なのかもうどうでもよかったのである。エミルが九段坂で鬼と出会ってから、季節がアルコホールの禁断症状に彩りを添えることなどなかったからである。少しばかりベルクソンをかじっただけなのに、「君は聞くところによると、最近、哲学をやっているらしいが……」という誰かの言った厭味《いやみ》が頭のなかをぐるぐる回った。それでもぎりぎりのゆとり、というか三畳間の四次元空間に隙間ができると、エミルは書き損じの原稿用紙の裏に細かな文字で一生懸命文章を綴《つづ》っていたし、エミルには作家以外にできることはなかった。

光は消えていたので、目を凝らしても、昼の光の経路がどこまで延びていたのかもう見当すらつかなかった。少しばかりイオンの臭いがしたように思ったが、はたして空間と時間はここできっちりと結合していたのであろうか。おお、自分が縮んだり伸びたりする感じがするではないか。この感じは、もう一度言うが、嫌いではない。誰が言い出したわけでもないだろうが、しかしここで妙な方程式を持ち出してもどうなるものでもない。港のサーチライトがこの辺りまで届いて、暗い夜空をめちゃくちゃに照らしていた。

中山手通りから下山手通りのあたりまでトアロードを下るつもりだった。昔から見慣れた道であったが、ただ今夜はガス燈の数がまばらで少ないような気がしないでもなかった。黒猫も見かけなかった。魂がひどく覚醒している感じがした。何度も九段坂の部屋に現れるようになってしまった鬼を繰り返し見てからというもの、頭のなかの振り子の振幅は増大する一方だったが、いったん覚醒してしまうと、鬼は懲りずに相変わらず出現してくださるとはいえ、自分が退歩したり退化しているようには思えなかった。退歩も停滞もないとすれば、前進あるのみということになるのであるが、いくらしどろもどろになることがあっても、それはそれで清々しい気もしないではないではないか。

ん？　こんな道があったっけ……。エミルが見ると、中山手通りと下山手通りの間に、はじめて見るとしか言いようのない細い路地が西に延びていた。そんなはずはない。あの奇妙な無国籍のホテル、インド人やトルコ人やチェコ人や、夜の蝶《ちょう》やそのマダムや、どこの国の人なのかわからない人々が暮らすホテルはちゃんと東側にあった。おかしいことはおかしいが、いったいおかしいのは何なのか。ともかくこんな道などなかったはずである。何度となく通ったトアロードなのだから、気の毒なくらいありえないことであったが、エミルには、見るということに関して一種のコツのようなものがあるにはあったし、目の端に見えているものが、スペクトラムの端にいる人々が徐々に崩壊していくように、時々、黄昏時などに、少しずつ薄く、どんどん細く薄く希薄になって、「異なる世界」が出現し始めるのである。この出現とは、同時に、その瞬間において消滅と何ら変わるところはないし、しかもその出現した「異なるもの」は「同じもの」にほぼ等しいが、その極薄のものはたいてい「横」にあって、奥行きも拡がりもなかった。しかしエミルにとってそれはまぎれもない実在のひとつの形であったのであるし、エミルはそれを密かに誇らしく思っていた。

だが、今夜はそれとも容子が違う。ぜんぜん違うのである。どう見えるかという種明かしのできない手品とも関係なさそうであるし、ここに分光器はなかったし、目の端にたまたま見えているのではなく、路地がそこにあったからである。それならばここに在るのはあるがままの「自然」ではなく、とってつけたような「活動写真」の内部、あるいはスクリーンの内側をくりぬいたようなものだったのであろうか。

エミルは自分の目をこすったが、躊躇うことなく路地に入って行った。自分がまたしてもボール紙の人形になった気分であったが、自動人形に意志はないのであろうか。だが意志というものは、物事が自分の思ったのとは反対方向に傾斜していくことを前提とするではないか。機械も壊れるではないか。路地を入ると、金木犀《きんもくせい》の木が石塀からのぞいていて、強い香りが鼻をついた。路地から見える暗い空には陰険そうな三日月が懸かっている。三日月は憮然としているように見えた。星がゆらゆらしていて、銀河が見えた。そのなかに渦巻星雲があって、ものすごい速度でそれは遠ざかっていくばかりであったし、球状宇宙のアンドロメダ星雲は妙によそよそしかった。

金木犀の石塀を過ぎると、二、三軒バラックが続き、ブリキの缶が使い捨てられたように乱雑にうず高く積まれている。あちらこちらに円筒や円錐《えんすい》の缶があった。球形のものまであって、何のためのブリキ缶なのかは皆目わからない。エミルは呆然としていた。それにしてもこれほど懐かしい気分に襲われたことは最近絶えてなかったからである。なぜだかすぐにくっくっと笑いがこみ上げてきた。

もう少し奥に行くと、すぐさま大きなガラス窓が見える木造の洋館が顕われた。見たこともないデコボコした建て増しの家であった。やけにそこだけが明るかった。なかに大勢の人がいるのが見えた。葉巻を手にして髭《ひげ》を生やした紳士が帽子をとってお辞儀をしているところであった。黒いレースのドレスを重ね着したようないでたちの小さな老婦人が離れたところに立っているのが見えた。老婦人は左肩をひどく傾けていて、黄色い歯をむき出しにして笑っている。そこだけ周りに人はいないのに、誰に向かって笑っているのであろうか。からだがひっくり返るほど傾いているし、よく見ると古びたレースのドレスはずいぶん傷んでいるようであった。

子供が数人しゃがみ込んで遊んでいた。ここからはよく見えないが、床に画用紙を広げて何かを描いているらしい。旧式のひしゃげた鍋が床に置いてあったが、湯気は立っていなかった。ショートカットの少女が椅子に行儀よく座っているのが見えたが、昼間にハンター邸の坂道で見かけた三角形黒猫の少女にそっくりであるように思えた。一見、パーティでもやっているようで、そうでもない。家族でもなさそうである。こんなに人がいるのに、がやがやいう人の声はおろか、無声映画のなかに入り込んだみたいに物音はまったくしない。光だけからなるものは立体であっても表面だけで出来ているが、人物がこれほどぺらぺらに見えたことはなかった。映像というものは一種の影にすぎないのではないか。これらの人たちはしばらくするとただ映写が終わった映画のようにかき消えてしまうのではないのか。

引力と斥力で釣り合っているかに見えたこんな希薄な情景は、しかしそのままであることはとうていできそうにない。事態は相変わらず刻々と変化し、前進するのである。波長がやたら延びてしまい、世界が膨張すると言ったほうがいいのかもしれない。宇宙半径が数パーセント伸びただけでも大変なことになるではないか。重力はもう己れの使命を果たせず、密度も輻射《ふくしゃ》も無限に小さくなり、宇宙には、そしてここには、おしまいには何もなくなってしまうであろう。

紳士は帽子からシャボン玉を取り出してストローで吸い込んでいるように見えた。小さなシャボン玉がいくつもいくつもストローに吸い込まれていくのであるが、映画のフィルムを逆回転したようであった。きゃつはいったい何をしているのであろうか！　窓ガラス越しに紳士がエミルのほうをゆっくりと振り向いた。髭が見えた。部屋の照明は少しずつ赤色を帯びてきたように思え、夜を日に継いで読破してきた哲学書の赤い表紙が目に浮かんだ。空が翳った。見上げると、手の届きそうなところに三日月が見える。そう思ったとたん、三日月ではなく、憎たらしいほど大きな満月であった。

足元に目をやると、夜になってから一度も見かけなかった黒猫がいつのまにか道端に座っていた。まっくろ黒助はエミルの動静をじっと窺っていたし、エミルもまた黒助を凝視した。ぐりぐりの目玉がガラス玉のように二つ暗がりで光っている。この光に熱はない。熱力学第二法則は成立しない。僕は何をしているのだろう。僕は節制を怠ったのであろうか。僕はここでいったい何をしているというのだろう。自分の声が頭のなかでやけに反響して、それからすぐさま消えた。いったい誰がしゃべっているのであろうか。

エミルの目から涙がこぼれた。やにわにリグ・ヴェーダの言葉を思い出した。「それ、即ち汝である」。どうしてそんな言葉を思い出したのかわからなかった。それとは彼でもあった。汝とは彼であり、私のことである。何もなくなった空っぽの世界にそれがあるとすれば、そこに汝、即ち私はいるのであろうか。

つい最近、こんなことを書いたばかりであった。

「追々に江美留に明らかにされてきたのは、自殺者は途中で放棄したのだから、却って出発点にまで自己を引き戻してしまうという一事だった。少なくとも次なる世界への寝覚めの悪さを、それは意味する。だから、いま江美留が念のために考えている死とは、『夕べに死すとも可なり』のあの死なのである」。

しかしあのユーカリの並木道を一緒に通った丸顔の少年は、ずっと昔の夕べにほんとうに死んでしまったのであるし、それはそれでよかったのであろうか。そうであるに違いあるまい。だが最近は、いつも部屋の隅に姿を現わすあの鬼の顔がお月さまのように大きくエミルに迫るようになっていたし、エミルに自殺して楽になれと囁いていた。

またエミルの目から涙がこぼれた。しょっぱい水に蛍は寄ってこない。せいぜいヴェーベルンの不幸の蛍くらいである。こっちにも、あっちにも、甘い水はなかった。死んだ友人と、思い出したこともなかった母の顔がなぜか瞼《まぶた》に浮かんだ。エミルはこの小道の地上数センチのところにシャボン玉のように浮かんでいる気がした。さっきの黒猫が弱々しくにゃーあと鳴いて、路地のもっと奥の暗闇のほうへと急いで駆けていった。まっくろ黒助の小さな鳴き声には箒星《ほうきぼし》のような可愛らしい尻尾《しっぽ》がついていたし、頭の上の電線がバチバチ放電して、後には焼けたカルシウムの白い煙が立ち昇っていた。見ると、まもなく大きな満月が悠々と坂道の上から天頂に差しかかるところであった。

丸太のような円筒がそこらじゅうにあるのが見え始め、筒状のものが目の端に見えた。しばらくすると、その丸太がめちゃくちゃに空を飛んでいた。以前、「春の目ざめ」の少年少女たちにかこつけて、ヨブ記を引用して書いた文章がエミルの脳裡に蘇った。エミルは自分が男性であって、かつては少年であったことを思い出していた。

「『我なんぢの凡ての行ひし事を赦す時には汝憶えて羞ぢその恥辱のために再び口を開くことなかるべし』——まことにまことにそうあらんことを」。

稲垣足穂が神戸あるいはその近辺を舞台にした作品は数多くあるが、まんまるのお月さまだけに郷愁を感じていたわけではない。郷愁はいつまでも郷愁でしかないが、ここであってもうひとつの世界でもあるこの同じ空間のなかを徘徊する詩的想像力は、彼自身がアルコール中毒になってもおさまりそうになかったし、むしろ彼独特の抽象的思考もまたそこから発していたのだと思われる。日本の作家は髭面が多いが、足穂のイメージはつるっとしていて髭がない。

無人の劇場

フェルナンド・ペソア

一九三一年六月三十日　最後の雨が南の方へと移動し、雨を吹き払った風だけが後に残ると、街の丘には美しい太陽の陽気さが戻って、窓辺にはおびただしい白い洗濯物が現れるのが見えたのだが、壁と直角にしつらえられた竿が支えるロープにぶら下がった洗濯物は、建物の色とりどりの正面高く踊っていた。私だってうれしかった、私は実在していたからだ。

——ベルナルド・ソアレス

私は変化しない、私は旅をしているのだ。

——フェルナンド・ペソア

あれらの役者たちはみんな亡霊だった。

——ウィリアム・シェイクスピア

その青年もまた旅をしていた。九区のフォーブール・モンマルトル街七番地にあった木賃宿を引き払った。その日のパリはいつものように寒々としてどんより曇っていた。冬の気配の迫った道端をとぼとぼ歩いていた野良犬に別れの挨拶を告げた。二十メートルほど並んで歩き、立ち止まって地面にトランクを置くと、犬は悲しそうに彼を見上げた。汽笛の音が遠くに聞こえた気がした。

フランス南西部の町ポーの高校を出てパリに来てからあっという間にすべてが過ぎ去った。彼は二冊の本を書いた。ほとんどの人はそのことを知らない。誰も知らなかったといってもいい。狭い下宿には古いピアノがあった。下宿を引き払ったのはモンテヴィデオに帰郷するためだ。モンテヴィデオは南米大陸の一番南にある。年老いた父がまだそこにいる。父は領事館をやめて、いまはトウモロコシ畑を耕している。この前に父と会ったのはもうずいぶん前になるが、僕に対する父の粗暴な振舞いを思い出すたびに、人間は哀れなものだといつも思ってしまう。父は外面《そとづら》と内面《うちづら》が極端に違ういわば人格破綻者だった。一生仕事ばかりしてきたこの人がほんとうはどんな人生を生きてきたのか僕は何も知らない。そう思うと悲しい気持ちに襲われる。

パリには何の未練もなかった。数少ない知り合いしかいないとはいえ、もし誰かが下宿を訪ねてきたら急死したことにしてくれ、と彼は宿の主人に真顔で言った。今日、僕は死にました、いろいろお世話になりました。アケロンもステュクスの河もまだ遠い。いまからそこを渡る気はなかった。主人はむつかしい顔をしたが、何も言わずにうなずいただけだった。窓の外では秋がすっかり終わろうとしていた。立ったまま眠っていた風が目を覚ましてマロニエの枝を揺らし、枯葉を舞い上げて道端に小さな渦をつくっていた。男の名前はイジドール・ウジェーヌ・デュカス。トランクひとつでフランスを捨てたのだ。

パリから直接リスボンのロッシオ駅まで列車に乗ればよかったが、回り道をすることにした。最後の旅になるのだから、そのくらいは許されるだろう。

ピレネー山脈を越えるとすべてが一変する。風景も人もそうだ。スペインに入って、小高い山の中腹にまで来ると、モンテヴィデオの太陽を思い出してデュカスは少しだけ懐かしい気分に浸された。光は淀みもしないし、くすみもしない。ここの光には幅があるが、日差しが強いのでその奥行きを一気に消し去ってしまう。フランスの南西部には液体のような光があったが、ここの光はもっと荒々しい。直射日光という言葉は言い得て妙だ。光はここではよりまっすぐに、直接射してくる。

彼は日に照らされた自分の手のひらをしげしげと見つめた。手のひらを指で軽くなぞってから、まるで別人の手に別れを告げるように太陽に手をかざしてみた。手は赤かった。血が巡っていた。この明るい太陽はあの太陽なのだろうか。幼年時代の小さなからだが全身に浴びていたはずの光……。いや、この太陽はあの太陽ではなかった。太陽がひとつしかないというのはどうもしっくりこない。彼は後ろを振り返ってもう一度太陽をじっと見た。目がくらんで、太陽が紫に、ついで黒になった。いま彼の見ている太陽は、かつてデュカスがモンテヴィデオで見た太陽と同じものではない。

月にだって同じようなことが言える、と彼は思った。モンテヴィデオの画家ホセ・クネオが見ている月は、月に魅せられたイタリアの詩人ジャコモ・レオパルディがかつて草原で見上げた月と同じものなのか。それを考えると自分の見た月がどの月なのかわからなくなる。とりたててホセ・クネオもレオパルディも好きではなかったので、この比較は不適切だと思った。ひとつの太陽とひとつの月。どちらも指の間にある。変化しなかったように見えたのは太陽と月だけなのだろうか。だけどデュカスはクネオのように絵を描いたことがないし、レオパルディのような詩を書いたこともない。もう文章を書くこともないだろう。それともあの謎めいた二冊の本などじつは書かれはしなかったのだと考えるほうが理にかなっているのだろうか。なんてことはない、今じっと動かない太陽をさしたる感慨もなく見ているだけだったし、それに彼はパリで死んだのだ。死後の太陽もやはりあの太陽と同じものなのか。

何をするともなく、それとも実際にはそうでもなかったかもしれないが（いろいろと心の整理があった）、スペインのサラゴサの知り合いの家に数カ月滞在していた。毎日近場をうろうろするか、彼とのとりとめのない会話を楽しんだりした。気のいいスペイン人であるペドロとはモンテヴィデオからヨーロッパへの船旅で知り合った。ついこのあいだのことのようだが、僕たちはずいぶん若かった。ペドロには前もってヨーロッパを去ることを手紙で知らせておいた。彼もまた船乗りをやめて陸に上がる決心をしたらしい。人生をやり直すのだ。

ペドロと別れてからバルセローナへも行った。ゴシック地区、それからごろつきと泥棒だらけの中国人街バリオ・チーノを好んで散歩した。ランブラス大通りのカフェでアドリアナという名の若い娼婦と親しくなった。アドリアナにはノエリアという女友だちがいて、彼女の住まいは古い回廊の二階の奥にあった。三人で薄暗いカフェの奥に座って、いつもカフェ・コルタードを飲んだ。少しだけ面倒な関係だったが、僕にとってはただの思い出にすぎない。アドリアナの狭い部屋にも何度か行った。アドリアナの屋根裏部屋はいつもきちんと片づけられていて、花が活けてあった。そこでおしゃべりをして、ワインを飲んで、愛し合った。僕はアドリアナが好きだった。

再びマドリードへ戻り、列車でトレドへ向かった。不思議な町だった。遠くから望むと、建物には人が住んでいないように見えるのだった。この廃墟の情景は月の廃墟のようだと思った。だがそこには何がいたのだろう、何か得体の知れないものが住んでいたのだろうか。空を見上げると、丘の町の上空高く鳥が飛んでいた。鳥は地面に向かってまっすぐ急降下したように見えた。自分の内と外で何かがはじけてしまった。こんなことはよくあることではなかった。

トレドではエル・グレコの絵をたくさん見た。「ギリシア人」〔グレコ〕という名のこの奇妙なギリシア人は、スペイン語で「ロコ」〔頭のおかしな奴〕と呼ばれていた。グレコの描く人物たちは天と地の両方に引っ張られるように長く伸びている。天と地はすでに分割されているが、われわれは両極端に引っ張られてしまっているのだ。グレコの描いた天使とも悪魔とも人ともつかない使徒ヨハネの蒼ざめた顔がとても気に入っていた。その絵を急いで何度か見に行った。ヨハネは小さな龍の入った盃を手にして首をかしげている。盃の中味は劇薬にちがいない。グレコはほんとうに使徒ヨハネを描いたのだろうか。ギリシアを去ってスペインにやってきてからグレコの絵は変わった。

それから国境近くの古い城塞の町バダホスに着いた。夜に到着すると、ムーア人の遺跡の町はこの季節のスペインでは珍しくどしゃ降りの雨だった。長雨のせいで雨水が坂道を勢いよく流れ落ちていた。樹齢百年はある桑の木が闇のなかに聳《そび》えていた。通りでは人っ子ひとり見かけなかった。この歴史ある戦いの町はどうしても好きになれないな、とデュカスは思った。

数日おいて、すぐにポルトガルのリスボンへ。スペインとはこれで永久にお別れだ。列車のなかでデュカスは妙にしんみりした。汗びっしょりだった。高熱が出ていた。僕は文明の終わりを旅してきた、と彼は思った。辿り着いたのも文明の終わりだった。

リスボンに着いて、バイシャ駅を降りた。ふらふらのまま歩きまわって、ようやくアルファマ地区に宿を取る。ずいぶんうらぶれた宿だ。船賃を除くと、持ち金も乏しくなった。宿の前の小路は石畳の急な坂道だった。夏が居座って、八月の熱気がまだあちこちでその場にとどまっていた。時おりシロッコのような熱風が坂道を吹き抜ける。宿に着くとトランクを置いてすぐ外に出た。熱は下がっていたし、近くの路地から路地へと歩き回った。密集する小さな建物、古い小路から漂ってくる臭い、窓辺ではためく洗濯物、汚れた空地のように見える破壊された中庭《パティオ》、かつては色鮮やかだったはずの剝げ落ちたタイル、そして急な階段道があった。

気さくなポルトガルの人たち。小さな酒場があったので入った。ポルトを飲んだ。客は二、三人で、老人ばかりだった。お若いの、どこから来たのかねえ、老人のひとりが声をかけてきた。フランスからです、ウルグアイへ帰るところで、モンテヴィデオという町が故郷なんです。モンテヴィデオっちゃ、ずいぶん遠いの、これから海を渡るんだわな、無事を祈っとるよ、あんた顔色がよくないね、別の老人が言った。こんなにくつろいだ気分はパリの街で味わったことはついになかった、とデュカスは思った。ここには、まるですべてをやり終えて、それからそれをすっかり忘れてしまったかのような明るい諦念に似たものがある。

どこかの建物からファドの歌声が聞こえていた。夕暮れの薄闇が迫っている。酒場から表に出てみると、あまりに似たような小道ばかりなので、自分の宿がどこなのかさっぱりわからなくなった。僕の居所は永久に誰にもわからないだろう、そんな考えが脳裡をかすめた。暗い群青色の空が密集する建物のあいだから見えた。それは異邦の空だった。またファドの歌声がどこからともなく聞こえてきた。さんざん歩いたあげく、途方に暮れて道端にしゃがみ込んだ。

猫が二匹こちらを見ていた。猫たちは猫の仮象のようでいて、自分たちの化身になりきっているような気がする。パリの小路でもいつもそんな風に思った。僕への警戒心をあらわにする君たちがうらやましいよ。君たちがたぶん幸福なのは僕にも薄々わかるさ。だが君たちの幸せはこの冷酷な世界のなかで君たちを自由にしたのだろうか。君たちの自由は独特のものだ。君たちはいつも失踪してやろうと身構えているし、君たちはガラスのような目をしていつも僕たちをじっと見ていながら、僕たちに隙があれば、どんな時もあの裂け目のなかに入ってしまうじゃないか。君たちはそこを出たり入ったりしている。だから言ってみれば君たちはとぎれとぎれにしか存在しないのだ、そのガラスの目のなかに僕たちがもう存在しないように。

そのとき誰かに見られている気がしたので、後ろを振り向くと、目の高さに杖をついてたたずむ背の低い老婆の姿があった。薄暗がりのなかで、長年の怒りが永久に張りついてしまったかのような老婆は義眼みたいな目でこちらを睨みつけていた。眼病にかかっている目だった。立ち上がって、またしばらく歩き回った。見覚えのある建物が目の前に現れた。やっとのことで自分の宿を見つけることができたのだ。宿はさっきの酒場から目と鼻の先にあった。部屋に戻って、ベッドの上に長々と伸びて、デュカスはひとり苦笑を浮かべた。びっしょり汗をかいていた。

＊

リスボンに来て明日でもう一カ月になる。あと二日もすれば、リスボンから船が出るだろう。その船に乗船するつもりだ。モンテヴィデオは遠い。長い航海がデュカスを待っている。

ピレネーを越えて、スペインからポルトガルへの旅の途上、あらゆることが、日常の些事を含めて、すでに自分とは無関係に起きている感じがずっとしていた。それでいて、これは自分自身のなかから自分が消えてしまうことに、自分自身のなかから自分が出て行くことに等しかった。リスボンに着いてから、リスボンというこの寄る辺のない街を通り過ぎていった時間、消すことができないその時間の澱《おり》のせいであったのか、その感じがひどく増した。その街の孤独が後に残した淡い色彩と匂いがあるのだし、その街特有の時間というものがあるのだ。パリ・コミューン前夜だったフランスでそんな風に感じたことは一度としてなかった。ここはヨーロッパであるが、ヨーロッパの他のどの町とも似ていない、とデュカスは思った。

リスボンの並木道は美しい。抜けるような空の青、ゆるやかな坂道に砂埃が舞い、並木が長くくっきりとした黒い影を落としている。でも影は突然目の前に現れるし、どこかしら突飛だったし、あろうことか、場違いな影は所在なげだった。僕は死んだのだから、僕には影なんかもう必要ないのだ。ところで、正午に影は消えたのだろうか。いや、太陽はひとつではないのだから、いつまでも影はゆらゆらと街路に長く延びたままだろう。それとも今日の青空はどこか透明度に欠けているのだろうか。

通りを見るともなく眺めた。ぶらぶら歩いている人、仕事か用事があるのか急いでいる人……、並木道を散歩しているこれらの人たちには何の興味も湧かなかった。彼らの心のなかをわざわざ覗いてみようとは思わない。人の細部を見つめるにはあまりにも疲れすぎていた。それを見ている僕も分解された要素にすぎない。はたしてこの群衆のなかに僕はいるのか。だが群衆のなかにいる人が群衆なるものを形づくっているとほんとうに言えるのだろうか。それとも、彼はひとりっきりであり、自分を外から眺めていたし、そうであるからこそ彼自身があの大通りの群衆そのものであったのか。

逃げるようにデュカスが小路に駆け込むと、黄色いオウムが軒先の籠のなかにいるのが見えた。デュカスが近づくと、オウムはアーアーと言った。デュカスにはオウムのポルトガル語はよく聞きとれなかった。「お前は何者でもない！」「Mon cul！　俺のケツ！〔フランス語で「いやだ、だめだ」という意味〕」、と言っているようにも聞こえた。感じの悪い奴だ。オウムにだまされてはいけない。宿に戻ったほうが賢明なようだ。路面電車の停車場はすぐそこだった。

古びたアルファマ地区に戻るとほっとする。宿のカウンターに座っている太った男はいつも居眠りの最中だ。この男が眼を覚ますとき、アルファマ地区は一変してしまっているのだろうか。部屋に戻って、テーブルに頬杖をつき、デュカスは何も考えない。部屋には明るい光が射している。書くための、かつてのあれほどの激しい感情は無駄だったのだろうか。デュカスはパリのあの狭い下宿を思い浮かべた。彼は悪の化身であるマルドロールという人物を創造したことがあった。最初の本だ。だけど僕はマルドロールじゃない。

窓を開けると、遠くから共和主義者の演説する声が聞こえている。デュカスは何も感じない。俗悪な感じがするだけだ。デュカスは肩をそびやかした。そういえば、パリの下宿近くのカフェでは、いつも独りで緑色のアブサンをちびちびやっていると、彼のことをひそひそと南米人と呼んで蔑んでいる連中がいたことを思い出した。フランス人は四六時中しゃべってばかりいる。口先から生まれたみたいだ。あまりにもおしゃべりが過ぎる。何の印象もない灰色の人たち。彼にとってはほとんど存在さえしていない。だが彼もまた灰色の人だ。デュカスはいつも連中を無視して何も言わずに黙っていた。彼は南米人ではなく、フランス人だった。

コカイン入りのワイン、コルシカ産のマリアーニ・ワインをひと瓶トランクのなかに大切にしまっておいていたことを思い出した。おもむろにそれを取り出し、半分ほどラッパ飲みした。洋服箪笥《だんす》の鏡に、椅子に腰かけた自分の蒼白い顔とテーブルの上の青色の水差しが映っていた。鏡は曇っていたが、昨日の景色など映ってはいないのだ。陽が射して、扉のところまで自分の長い影が伸びていた。部屋の隅の花瓶台には花を活けていない花瓶が置いてある。それをずっと見ていた。物音もしない午後のひととき。絵のなかにいるような静かな生活。そいつにいつも憧れてきたのだろうか。いい感じで酔いがまわってきた。頭はすこぶるクリアーだった。リスボンには明日でお別れだ。まだ時間が早いので、もう一度出かけることにするか。

宿から少し足を伸ばして、いつも散歩がてら、彼は自分で「中二階の食堂」と呼ぶことにした食堂に足繁く通っていたが、今日もここへやってきた。この食堂に来るのもこれが最後になるだろう。いつも白ワインかビールを飲んで、気が向けばインゲン豆のスープと、ゆでるかオーブンで焼いた干し鱈を頼んだ。彼は食べ物にあまり興味はなかった。できれば何も食べたくなかった。今日は料理を注文しないことに決めた。フランスを出てから、頻繁にアブサンを飲むのもやめていた。スペインでは少し飲んだが、もうリスボンで緑色のアブサンを飲むことはなかった。

いつもは食事がすむと、壁にかかった時計の針が動くのを見ていた。時計の針はまるで壊れたように動いた。どんな時計にもそれぞれ壊れた感情がある、とデュカスは思った。それからポルトを飲みながら、店内をぼんやり眺めて時を過ごした。正確に言えば、時を過ごすのではない。そんな風にして時が自分の外を流れていくにまかせるのだ。僕は玄武岩のように動かない。時間がすべてを呑み込んでしまうには、まだ時間はあるのだろうか。

ここ一カ月のあいだ「中二階の食堂」に通っているうちに、何度かすれ違う紳士がいることに気づいた。痩せた紳士はいつも黒か灰色のフェルトの帽子をかぶり、しゃれた蝶ネクタイをして、丸縁眼鏡をかけていた。銀製のシガレットケースと象牙のシガレットホルダーをポケットから出して、いつもまずそれをテーブルの上に置いた。いいお天気なのに、細身の傘を腕にぶら下げていることもあった。彼はここの常連らしく、いつも給仕の若い男と小さな声で言葉を交わしている。給仕の若い男は彼には愛想がよく、ペソアさん、今日はいいお天気でよかったですね、というのが口癖のようだった。

　実直そうでいて、どこかしら夢の情景のなかに片足を突っ込んでしまったかのようなこの紳士は、どうやらペソアという名前らしい（ポルトガル語で人という意味だ）。以前どこかで見かけたことがあるような気がした。それとも、この人はかつて大病を患ったことがあって、それからずっと恢復期《かいふく》を過ごしているようにも見えた。病室の開け放たれた窓の外から中を覗くと、部屋のなかの椅子にこの人が腰かけているみたいだった。

　若いデュカスは仮面という語源を持つはずのこのポルトガル語の名前にひどく興味を持った。もしかしたらペソアという名前はペンネームかもしれないな……。「人」とは誰でもない人であるほかはないのだから、ペソア、ペルソナ、つまり仮面の人なのだろうか。仮面をつけて歩き回ればいいのだろうか。リスボンという町がきっとそうさせるのだ。自分にも覚えがある、とデュカスは思った。仮面が僕を殺しかけたこともある。そう、そう、デュカスはパリで死んだのだった。

リスボンも見納めだ。昨日もここへやってきたが、今日もバイシャ地区のほうへぶらぶら降りて行こう。ここが低い土地だということはここにいるとわからない。この辺りは十八世紀のリスボン大地震の津波によって壊滅したひどい過去がある。ヴォルテールの書いたリスボン大地震の詩を思い出す。水辺に避難した二万人の人々が津波に呑み込まれ、地震全体の死者は九万人に達したと言われている。

昨日もリベイラ広場にいたのだが、暑い日だったのに、冷たい突風にあおられて、転びそうになった。からだがぞくぞくするような妙な感じがした。何かが太古の時間の澱のなかでもがいているように持ち越され、今日のいまこの時にも続いている。この感じが何なのか確かめなくてはならない。特段今日のこの辺りの広場がそうだというわけでもないが、『神々の帰還』を書いたアントニオ・モーラのように、古代ローマ風のチュニックをまとった狂人の亡霊が現れてもおかしくない。涼しい顔をした狂人の亡霊は物乞いでもするようにそこかしこに座っているかもしれない。なんと彼らは死を忘れてしまったのだ。流転する幽霊は幽霊ですらない。死もまた流転するのだから。

生きていた頃、誇り高きアントニオ・モーラは人と口をきいたことがないように見えた。この気違いの碩学は古代ギリシアの哲人ルクレチウスやデモクリトスを読んでいた。エピキュロスも読んだ。これらのギリシアの哲人たちはアントニオ・モーラの父だったと言っていい。原子は、物質は、霧状になり、はたまた思いがけない斜行によって姿を現すことがある。原子核は死ぬことがあるのだろうか。万物は噴射し、流転し、元に戻るだろう。アントニオ・モーラは生きているあいだにそれを学んだのだった。

古典の登場人物のような幽霊たち。むしろこう言ったほうがいい。古典的な亡霊というものがいるらしい。彼らの姿はそうそう見えたりしないが、ときおり目の端を染みのように通り過ぎるものがある。そんなときは瞬時に記憶のなかの自分が遠のく。死んだことがわかっていて、なおかつ死を忘れてしまうこと。そういうことなのだ。これは一種の妙技だ。だが死なるものははたして存在するのだろうか。そこや、あそこで、あの生、この生が終わるだけではないのか。僕は死を見たことがない、自分は死んでいるというのに……。そんなことはないなどと考えることができるのは生きている間だけだ。

他にも気がかりなことがある。時おりこの世に姿を見せるこれらの気違いの亡霊たちのように、僕もまた気が狂ってしまったのだろうか。そんな風にデュカスは考えた。狂ったまま狂っていないと思って生き続けるのは愉快なことだろうか。またいつもの眩暈がしてきた。今日はテージョ河まで行って流れる水をずっと見ていようと考えていたが、気分がすぐれないのでやめることにした。なにしろこの暑さだ。

リベイラ広場の近くの壁にもたれてしばらくぼんやりしていたが、だいぶ気分がよくなったので、また歩き始めることにした。広場には年老いたジプシーの手相見がいて、婆さんはそこを通り過ぎるデュカスの顔を食い入るように見つめていたが、声をかけてくることはなかった。デュカスはほっとした。強い日差しの下で老婆は手のひらを見つめている。見も知らぬ人たちの手のひらだった。

昼下がりの街角。ジプシーの手相見。無数の運命。数えきれない。第一、手相見は人の手相なんか次から次へと忘れてしまう。それこそが文明なのだ、とデュカスは思った。それから日差しのきついアレクリン街を通り抜け、少し息が切れたので、繁華街のカフェ・ブラジレイラに立ち寄った。

一階の店内を見回すと、なんとあのペソア氏の後ろ姿があった。このカフェ・ブラジレイラ・ド・シアードにペソア氏が来ているとは知る由もなかったが、意外な感じはしなかった。ペソア氏とは「中二階の食堂」で何度かすれ違っているし、きっと僕の顔を覚えているはずだ。もしかしたら彼は僕が来ることがわかっていて、ここにいるのだろうか。そんな馬鹿な考えがふと浮かんだ。ありえないことだが、そのくらいペソア氏は全身から虚構の雰囲気をぷんぷんさせていたし、彼の感情も肉体も空虚な劇場の観客席にしかその居場所を見つけることができないみたいに見えた。僕もまた彼の劇場にいるようだ。僕はあの役者たちのひとりなのだろうか。芝居がかっていたのは彼だけではない。すべてが自分自身の虚構であり、想像上の範疇に属する。感情も何もかもがそうである。他人の感情。ペソア氏は虚構の劇場のなかでだけ種のない手品師のように振る舞い、演技し、何かを感じ取り、そのためにだけ神経を張りつめ、すり減らしているのだということが手に取るようにわかった。それでいてこの紳士の周りからはあらゆるものがいつの間にか消えてしまったかのようなのだ。

彼はひとつの名前である。夢には名前はないが、名前は夢のなかでも生きている。彼は普段何をしている人なのだろう。「中二階」の例のおしゃべりなボーイの会話から聞くともなく聞こえてくる話から察すると、ペソア氏は小さな貿易会社に勤めて翻訳や通訳のようなことをしているらしいが、それでペソア氏が誰でもない人であることをまぬがれているとは思えない。

デュカスは壁にかかっている古い時計に目をやって、ミルクを一滴たらしたコーヒー、ピンカードを飲みながら、ペソア氏を見なかったことにした。カフェ・ブラジレイラのボーイにコラーレス・シータをもう一杯注文するペソア氏の声が聞こえた。一見すると、ペソア氏はそれでもくつろいでいたし、ここでも常連らしく振舞っていた。それからペソア氏はそんなすべてを一瞬で忘れてしまったかのように、一心不乱に黒い革表紙の手帖に何か書きつけていた。彼はきっと物を書いている人なのだろう。デュカスはそう思うことにした。何かを書いているとき、人はあの実生活というものを失っているのだ。こうして彼の人生はすっかり無視されてしまう。

*

デュカスにとって「中二階の食堂」にもうひとり気になる人物がいた。ベルナルド・ソアレスという人で、やはりボーイのおしゃべりから察すると、繊維の輸入会社の会計補佐をやっているらしい。見かけは質素で物静かだったが、面白いことに、この人物はどことなくペソア氏に似ていた。いや、どことなく似ているどころではない。テーブルに肘をついてこちらに横顔を見せるときなどは、そっくりと言ってもいいくらいだ。

こんな類似こそが申し分のない文学の一形式なのだ、とデュカスは勝手に思った。突然の類似に気づくことがある。路面電車のなかや、通りで。だがこれは単なるこじつけではない。この類似はどちらかと言えば気味の悪いものだ。この類似は眩暈による突然のあの回転に似ていなくもなかったが、ほとんどの場合われわれを意気消沈させるものだった。そのことをよく考えてみなければならない。口もきいたことのないソアレス氏はデュカスにとってある意味で確固たる存在とは言えなかったはずなのに、妙に気になって仕方がなかった。というかむしろこの人物は自分を消すことで、逆に否応なくその存在感を増すようなところがあり、その点でもペソア氏にそっくりであるように思えた。

すでにソアレス氏がソアレス氏自身にとって他人に属しているかのようなのだ。そんな風にデュカスは感じた。僕は玄武岩のように実在しているのに、ソアレス氏はまるで灰色の背景のなかに埋もれてしまったように霞んでいる。霞んではいるが、それでいて凝固し、遠景の奥のほうで固まっている。そうしてソアレス氏は風景のなかに点在し続けている。彼はコーヒー茶碗を神経質そうに触るが、一口飲むと、後はほとんどそれを口にすることがない。ソアレス氏はいつ見てもうわの空だ。彼は憂鬱な目をしているが、とても繊細で、善良そうに見える。たしかに見かけからすれば、われわれだってみんな灰色をしている。背景も灰色一色だ。だからデッサンはうまくいかない。人生もまた同様だ。ソアレス氏には人生というものがあるのだろうか。彼に人生がないと考えることは、じつに奇妙な効果をデュカスにもたらした。デュカスにも人生がなかったからだ。

われわれはみな台詞の定まらない役者のようなものであり、広大な舞台の上では互いを知らなかった、ということがあり得る。われわれはそこですれ違う。ただすれ違うだけだ。芝居が終わり、舞台から降りてみると、人生と彼の間には薄いガラス板があって、澄んだ空や湿り気を帯びたきらきらする大地が映っている。今日もいいお天気だ。大地は通り過ぎた驟雨によって爽やかな黴《かび》の香りを放っているに違いない。あの大地のかぐわしい香り。だがほんとうにこのガラスを通り抜けることなどできるのだろうか。もし通り抜けたとすれば、そのときわれわれは存在しなかったはずの死の側に移行し、死が勝利してしまうのではないか。

ソアレス氏はいつものようにここへ来るまで回り道して小道を散歩してきた。ムーア様式のパティオが見える。噴水があって、中庭に咲き乱れる黄色と白と赤色の小さな花に水しぶきがかかっている。夏の噴水のこの上ない爽やかさ……。上の階の鎧戸が開いていて、掃除の最中らしく、若い女が窓から下をのぞいて何か叫んでいる。彼女の顔は楽しそうにほころんでいる。子供たちが道端にしゃがみ込んで油虫を観察している。明るい陽光がわれわれを等しく照らしている。こんな日はとても気分がいい。人生はときには素晴らしい。昨日はプラゼーレス墓地まで散歩した。

だが昨日この小道は実在していたのだろうか。両脇の家々、パン屋から漂う匂い、靴屋……。こうして今日再び小道は存在し始めるのか。猫が一匹通り過ぎる。こちらを向いた目が光っている。誰にとって小道はあるのだろうか。この野良猫にとってなのか。小道はやはり実在してはいない。いや、小道が実在していることを私は信じている振りをしているが、私のほうこそが誰でもないのだ。誰でもない人。あるいはユリシーズのように？　ソアレス氏は自分のことをそう思った。いや、そのことを考え続けてすでに久しいが、いつ頃から考え続けていたのかもう思い出せない。

目の前にある景色は光によって刻々と変化する。むこうの山々は太古の昔から聳えている。それとは対照的に、今日のバイシャ地区の坂道は非現実的な感じがする。突風が吹いてきた。赤くなった落ち葉が足元に二、三枚落ちかかる。中庭に萎れた花が見えるが、それは枯れて、はらりと落ちる日が来るだろう。壁の向こう側からぼそぼそと誰かが囁く声が聞こえている。声はここからは見えない誰かに語りかけているらしい。夕闇が迫った。こつこつ足音がする。半開きになった鉄の扉から小さな庭の植え込みが見えている。植え込みは黒くこんもりとしている。月明かりの下で、回廊が暗い影のなかでひっそりと静まり返っている。私は訳もなくこれらのものに郷愁を覚えているが、どれもがただの感覚であって、どう考えても私には属していない。郷愁というものは、通りすがりの第三者がとらえられる感情であってもいっこうに差しつかえないし、この私の感覚自体は他人に属するものであってもおかしくない。郷愁はただ単にそこにあった。誰かを侮蔑したあとの後味の悪い感情のように、もうとっくの昔に捨ててきたものがあった。散歩の最中のソアレス氏はいつもそう思った。

ある晩、ソアレス氏が小道を歩いていたとき稲妻が光った。一瞬、あたりがひとしなみに激しく照らし出された。しばらくソアレス氏は呆然としていた。ソアレス氏が我に返ると、そこに道はなく、ただ殺風景な荒地が広がっているばかりだった。道は消え、ソアレス氏は黒々とした荒地にいた。うずくまったような影がところどころにあり、雑草が枯れて折り重なり、土が盛ってあった。

とっさに自分は気が狂ったと思った。見上げると、黒い雲の間からまたたく星々が見えた。虚無の中心があった。ここまで歩いてきた自分は何だったのか。それは私だったのか、とソアレス氏は混乱した頭で考えた。円には中心があるが、それは理論的仮定の上でのことであり、実際には中心はどこにもないか、いたるところにあるかである。少なくともそれは目に見えない。故に私は誰でもない。

ソアレス氏はいつも遅刻せずに会社に着くように心がけている。といっても会社は住まいと同じ建物にあった。誰とも何の約束もなかったが、毎日カレンダーを几帳面に見る習慣があった。ソアレス氏は偏執狂の儀式のように鋭い目でいつも腕時計をちらっと見る。会社は六時に終わる。散歩に出かける。時は外で流れている。明日には少年たちが今日とはまったく別の事件が書かれた新聞を売っていることだろう。時間は地上にあって、緯度や経度に従っているらしい。太陽が昇る。今日、坂道を下りてゆくとき、自分は幸せなのだと感じた。散歩している自分が不幸であるとは思えなかったからだ。だからいつもとは違って早く会社を出たりすると、調子がおかしくなってしまう。そんな日は、街路をまだ照らしている光がゆるやかに別の色調を帯び始めたりする。光はより不毛で、より甘美になる。それは欲望を刺激する光だ。

プラタ通りに編んだ籠が置いてあるのが見えた。籠のなかにはたくさんのバナナがあって、露天商がバナナを売っていた。まだ青いままのバナナにかろうじて陽の光が当っている。南米のバナナだろうか。この通りでそれを見ているのは私だけなのだ。バナナは黄色く熟すだろう。しまいには腐ってなくなってしまうだろう。バナナを見ると、なぜかあの娼婦のことを思い出す。彼女ははじめて見る風景のようだった。風景は日々新しくなっていった。生きていることは通り過ぎることだ。またいつか会おう。いつか、きっとどこかで。私はまだ歩いてゆくことができる、ありえない、ありそうにないものの上を。

夕方、夏のバイシャ地区を散歩するのが好きだ。雑踏の喧騒はすっかり消えている。

暮れなずむ空にひとひらの雲が浮かんでいる。雲は少しずつ形を変えながら向こうのほうへ行ってしまう。ひとつの無意味が消え、別の無意味が生じる。この麻痺状態を大切にしている玩具みたいに感じるようになって久しい。この刻限、バイシャ地区の静かな時の流れ方がことのほか気に入っている。この時の流れはまるで忘却のなかを流れる河みたいであるのに、それでも意に反して、いろんなことを思い出してしまう。懐かしさで胸が締めつけられるみたいになる。だがこれらの思い出は私のものではない。私ののだとはっきりと言うことはできない。この単調な月日のなかで、やはり私は不幸なのだろうか。

そこに、ひと気のない、細く長く伸びた寂しい通りが見えている。私は人々の孤独が溶けて混じった空気を胸いっぱいに吸い込む。緑がかった空がくすんだ乳白色に変わる。向こうの丘の上の雲の塊は最後の陽を浴びて下のほうから薔薇色に染まってゆく。ドラマはここにはなく、空の向こうにある。何も考えず、何も思わず、この通りを二回往復してみる。私は何をしているのか。私は頑固者だ。死ぬまでリスボンの街を離れるつもりはない。そうであれば、リスボンの街をけっして出ることなく、ここにいて、私は逃亡しているのだろうか。何から逃げるのだろう。そこから逃亡する当のものがないとすれば、私はおかしなことを言っていることになる。

こんな風に月日を送っていると、まるでぼんやりと数世紀を過ごし、それをずっと生きてきた気がしてくる。やがて私はこの通りに同化してしまうだろう。この通りにもそれなりの生があることはわかっている。だがこの生は堅固な生だし、私の生とは違う。通りに同化したのは私の魂だけだったのだろうか。運命はどこまでも抽象的なものにすぎない。私はもう私ではない。私は誰でもない、とソアレス氏は思った。

＊

デュカスは夜の港に着いた。もうすぐ船が出る。波が荒く、埠頭《ふとう》は海水をかぶっていた。デュカスはトランクをひとつ抱えていた。世界はそのままだった。死ぬ前と何も変わらない。銀色のシボレーのライトがこちらを照らしながら通り過ぎたが、向こうへ行ってしまった。振り向くとオリオン座が見える。オリオン座は偽造されたものではなかった。突然、目の前の景色が歪んで見えた。一瞬、この世のすべてが歪曲《わいきょく》され、偽造されているように思えたが、具体的に言って偽造される前のものが正確に何だったのか死んだデュカスには知る由もなかった。一度「中二階の食堂」にいるとき、あのペソア氏に眼鏡を取ってくださいと言おうとして、やっぱりやめておいたことを思い出した。あまりに唐突すぎたし、どうしてそんなことを思ったのだろう。船の汽笛が聞こえた。デュカスはまた振り向いた。海が見え、海の音が聞こえた。彼には海が見えるし、海が聞こえるのだ。

老いたる塩辛い海《わだつみ》よ
お前のなんと多くが
ポルトガルの涙であることか
俺はお前を讃える！

モンテヴィデオまでの長くて辛い航海が彼を待っている。船はほんとうに南アメリカ大陸に着くのだろうか。着かないかもしれない。いや、たぶん死んだ僕を乗せた船はラ・プラタに寄港してから、その後モンテヴィデオに着くのだろう。僕の姿は甲板にあるだろうか。これからポルトガルの海に別れを告げるのだ。

＊

ペソア氏が表通りに出ると、不整脈の心臓が激しく鼓動を打つのがわかった。私は病気なのか。気分が悪いというほどでもなかったので、気にしないことにした。うっかりハンケチを足元に落としたので、ペソア氏は額の汗を右手で拭った。通りに停車中だった流しのタクシーの運転手がさっきからしつこく乗らないかと手招きしていたが、手を振って断った。手から滑り落ちたハンケチを拾い、埃を払ってからポケットにしまった。埃なんかついていなかった。リンボンの街では今日も何も起こらないだろう。アルファマ地区の窓辺では壊れたレコードのようにファドの歌声が聞こえ、バイシャ地区は今日も静かなままだろう。叔父の葬式のあの静かな情景を思い出す。時間はそこに置かれた棺のなかではなく、向こう側でテージョ河のように流れていた。

いま通りでは、宝くじ売りの大声が聞こえている。男は誇らしげに叫んでいるが、不穏であるのはこの声くらいだろう。今日は大当たりの日だよ、旦那、一枚どうだい、今日は当たるよ、間違いないよ……。毎日が大当たりの日だ。来る日も来る日も、運命がそれを要求している。偶然がそれに介在することはけっしてない。たまたま珍しい何かに出くわしたとしても、そのありきたりの印象は、あみだ籤《くじ》のように行き着く先に必ずしかるべき場所があることから来ている。したがってほんとうの大当たりの日なんかない。何が当たるというのか。何が当たらないというのか。大当たりの日が後になってみれば結局最悪の一日だったということもある、とペソア氏は考えた。

振り向いたが誰もいないので、歩きながらげっぷをした。昨夜遅く「中二階」とは別のレストランで食事をしたからだった。だいぶ酔っていたし、夜も遅いので熱々のオポルト風トリッパはやめておいたが、豚のモツのスープが胃にもたれていた。レストランには暗い赤色をした古びたビロードの緞帳《どんちょう》がかかっていたが、それが気になって仕方がなかった。酔った頭のなかに赤い緞帳がずっとかかっていた。緞帳の向こうには何があるのだろう。スープはコリアンダーと月桂樹風味で味つけされていた。

いつものように「中二階」にペソア氏が現れたので、ボーイが挨拶するのが見えた。ペソア氏は握りが真鍮のステッキを片手に持って合図を返す。この愛想のいいボーイは人を愛したことがあるのだろうか、とペソア氏は心のなかで思った。すかさず、はたしてこの私はかつての恋人を愛したのだろうか、とも考えた。ペソア氏がポルトを注文する声が聞こえた。細い声だった。今日はいいお天気でよかったですね、ペソアさん、とボーイが言った。ボーイの声は静かな店内に場違いなほどよく響いていた。ときに、覚えてらっしゃいますか、最近店にときどき現れる若いフランス人がいたでしょ、そうそう、この辺りの通りでもたまに見かけることがありました、名前は知りませんが、暗い顔をして、いつもひとりっきりであそこの席に座ってた男ですよ、あの青年、ぴたりと姿を見せなくなりました、どうしちゃったんでしょうね。ペソア氏はそのフランス人に見覚えがあったが、ボーイの顔を見上げて軽くうなずいただけだった。

ペソア氏はテーブルの上に新聞を広げた。新聞にはポルトガル南西部のアレンテージョ地方の記事が載っていた。アレンテージョ風の料理はペソア氏の大好物であるし、アレンテージョ地方にはリカルド・レイスという医者をやっている友人がいた。しばらくしてペソア氏が新聞をたたみかけると、ベルナルド・ソアレス氏が食堂に入ってくるのが見えた。ペソア氏はそのときなぜか自分の少年時代のことを思ったが、この理由のない感情はすでに自分がいつも書いている散文に近いような感じがした。われわれはこの世界のなかにいる。ある日、この世界のなかにいたのだ。突然、何かが一巡した感じがする。新鮮な驚きだと言ってもいい。ありえないことだが、自分の少年時代のあれこれをこのソアレス氏が自分の代わりに思い出していたとしたらさぞかし面白いだろう、そんなとりとめのないことをペソア氏はさらに思った。だがあの苦痛と傷はどうなるのだろう。あの漠然とした苦悩は？　どこへ行ってしまうのだろう。

ここの単調な空気は何も変化しない。食堂の窓から最後の夕陽が入り、ソアレス氏の髪の毛を金色に染めると、顔のあたりが影に覆われて黒くなった。ショーウインドーに映る景色かどこかで見た絵のようだ、とペソア氏は思った。空虚だが、どこかしら明るく、柔らかいハーモニーがあった。何かの反映がそこにはあり、何かが反射していた。ソアレス氏がここに姿を現わすのは久しぶりだったが、ペソア氏はソアレス氏と目が合うと、怪訝《けげん》な顔をしないように気をつけながら軽く会釈した。どこに行ったのかボーイの姿はなかった。ソアレス氏は相変わらず憂鬱そうな横顔だったが、ペソア氏がいるのに気づくと、口元に笑みを浮かべた。神秘主義者の笑みのように不可解な微笑だった。ここには異なる二つの生がある。しかしどう見ても二人は双子の兄弟のように瓜二つであるし、理念において、その形状において、二は一とさほど違いがないのかもしれない。

しばらく「中二階の食堂」では何も起こらなかった。客は他に二、三人いたが、みな一人客で、店内はとても静かだった。客の誰もが黙り込んでいた。ボーイもおしゃべりをやめて、カウンターの隅で煙草をふかしている。日はすでにとっぷり暮れている。遠く街々の喧騒がクラクションの音とともにかすかに聞こえていたが、ここにはいつもすべてが手遅れになったような雰囲気が漂っている。誰もが人生の埒外にいた。実際、一刻一刻、すべては後の祭りで、手遅れだった。

ペソア氏がいつもの黒革の手帖を取り出して、我を忘れたようにしばらく何も書かずにページを見つめていた。彼は何をしているのだろう。彼には何も言うことがないのだろうか。しかもそのために書いているとでもいうのだろうか。ほんとうは夢想家などどこにもいないのだ。何も言うことがないということを書くために、それを書くことによって、人は夢想のなかに入り込む。言葉はこうして書かれたものにとって無駄になってしまうに違いない。言葉は阿片のようにただ彼を浸すだけだ。そこにはただ白紙が広がっているだけだった。それなら遠くへ旅立つ前に残しておくような伝言はなかったのだろうか。

しばらくすると、すばやい手つきでペソア氏が手帳に何かを書くのが見えた。そのページを破ってから、ペソア氏は手を挙げてボーイを呼んだ。ボーイはその紙片を受けとると、ソアレス氏の座っているテーブルに近づいて、何も言わずに紙切れを渡した。窓の外はもうまっ暗だった。外の通りで物音がする。見慣れた通りは世界の果てであり、われわれに解けない謎を投げかけている。世界はそこで終点になっている。それからボーイはソアレス氏の耳元で何かを囁いていたが、ソアレス氏はペソア氏が破いた紙切れを眉間に皺《しわ》を寄せて見つめた。ソアレス氏が顔を上げると、ほっとした表情に変わっていた。ソアレス氏はあの神秘主義者の笑みをもう一度浮かべた。

紙切れにはこう書かれてあった。

「いまから十分後に以前お話しした劇場で待っています。通りの反対側です。よろしければ、ぜひ来てください。少し話でもしませんか。看守のいる裏口に電気がついていますので、そこから劇場に入ってください。看守は私の友人ですので、見て見ぬ振りをしてくれます。観客席でお待ちしています。フェルナンド・ペソア」。

ペソア氏の姿はもう「中二階の食堂」から消えていた。

＊

ソアレス氏が劇場の裏口までやってくると、看守が煙草をくわえて外に立っていた。月が出ていた。円い月だった。ソアレス氏は看守に会釈した。年老いた看守は笑みを浮かべながら、何も言わずに手招きした。古い劇場の、しかも夜の看守というのはいい仕事だ。うらやましい。そんな風に思った。自分は浮浪者なのだとあらためて感じた。すっかり道を誤ったのはわかっているし、身寄りもないのでいずれ施設に収容されるかもしれないが、今夜は久しぶりにいい気分だった。

ソアレス氏は背中を丸めると、ポケットに手を突っ込んで中を探った。煙草の箱に指が当たったので、取り出して一本火をつけた。それから裸電球の灯った暗い廊下を進むと、どん詰まりは半地下のようになっていて、ずいぶん古い劇場だということがわかった。こういうのがイタリア風の小さな劇場なのだろうか。往時の姿がそうだったと言ったほうがいいかもしれない。

ソアレス氏はシェイクスピアの科白を思い出した。「狼は月に吠える。そして眠りこけた百姓たちは鼾《いびき》をかいているではないか、辛い仕事に疲れ果てて。いまは真夜中だ、墓場の蓋が開いて、送り出された亡霊どもが……」。

日本の詩人が言うように、地面の底に顔が現れることはないだろう。私の顔がまるで盗まれたように私のものではないことがある、ということのほうが恐ろしい。

廊下を進むと奥に階段があった。その向こうには舞台に上がるための汚れた梯子も見える。せっかくなので梯子を昇る。舞台があった。ソアレス氏は通りすがりに、傷んでしまった赤い緞帳に遠慮がちに軽く触れる。下手に乱暴に触ると、緞帳がちぎれてぼろぼろに崩れてしまうかもしれないと不安にかられたからだ。

舞台から見ると一階なのだが、観客席はちょうど建物全体の二階になっている。劇場というものはたいてい奇妙な構造になっているらしい。時空を歪めている感じがするし、劇場は沈下でも始めるかのようにいつも剣呑な雰囲気に包まれている。それは不安で危険なわれわれの知らない裏側で息をひそめている。ひと気がないときは特にそれがわかる。そもそも芝居など不可能なのだ。そこに誰もいないとき、劇場はその真価を発揮しているではないか。ソアレス氏は舞台の上から観客席を見渡した。観客席のまんなかあたりにペソア氏がいるのが見えた。ソアレス氏は急いで舞台から降りると、暗い座席のあいだを通って、前の列に黙って腰かけた。座席がぎぃーと音を立てた。

最近はあまりお目にかかりませんでしたね。しばらくしてソアレス氏が口を開いた。今日もいいお天気でした、私には今日も何も起こりませんでした、今起こっていることを除けば……、雨が降ったりすると、私は自分に言い聞かせるのです、一生、リスボンから、あのドゥラドーレス街から出て行くことはないだろう、と。いや、自分に言い聞かせるのではない、まるで他人が私にそう言っているかのようなのです。ソアレス氏はまっすぐ前を見ていた。視線の果てには誰もいない舞台があった。ソアレス氏が振り向いてペソア氏を見つめて言った。だけどひとたびそう口にしてみると、その言葉は私の頭のなかに反響して永遠に鳴り止まないような気がするのです、私は自分の言葉にすっかり囚われています、自分が発した言葉、いや、自分が言ったのではなかったかもしれない言葉に忠実であろうとして……、苦しみは自分の感じることのなかにあります、まさにそうなのです、ですがこの苦しみは私のものではないような気がするときがあるのです、そんな私は勤めている会社の建物の三階に住んでいます、おかしいでしょ、その建物から外に出るのは、散歩をするときだけです。

ペソア氏はそれを聞いて微笑んだ。劇場は少しひんやりとしていた。この冷気もいってみれば郷愁の一種だ、とペソア氏は思った。あなたは私に似ている、そのことは前から知っています、とペソア氏が言った。深いブルーの空が頭のなかに広がった気がした。少し眠気がする。この不穏な眠りの予兆はペソア氏を記憶のなかのしかじかの映像に近づけるのだった。私はけっしてそこにはいないが、やはりソアレス氏は私なのだろうか。そんな風にペソア氏は思おうとしていた。

私の勤めている会社の社長はバスケスという人ですが、とてもいい人です、私は彼を慕っています、だけどそれが私をどう変えたというのでしょうか。ソアレス氏はそう言って、煙草の火を消した。パチパチという妙な音があちこちからひっきりなしに聞こえていたし、框《かまち》がぎしぎし鳴っていた。劇場にはあれらの幽霊たちがうろうろしていたに違いない。二人は何も言わずに肩をそびやかした。幽霊のせいでお互い気まずい気分を味わっていた。たまたま長いこと会わなかった誰かに出会ったときに感じる気まずい印象に似ていたし、説明のつかない印象だった。こんな劇場にひとりで住むことができれば気分がいいだろうか。たぶん気分がいいかもしれない。

あなたと一度カフェ以外の場所でゆっくり話がしてみたかった、とペソア氏が言った。

役者たちのいない劇場はいいものです、でも立ち去ってしまった役者たちの影がまだここにあるみたいではないですか、妙なものです、劇場というのは。そう言ってペソア氏は鼻をかんだ。この夜はあの夜と同じように最初の夜です、死は、カンバスに塗り込められ、カンバスの表面から消された絵の下書きのように最初の私をいずれ見出すのです、それをまぬがれることはできません。ペソア氏はそう言って、ハンケチでもう一度鼻をかんだ。ここでは、あらゆる悲劇がそうであるように、運命が幅をきかせていたのだ。われわれは古い劇場のなかにいる。そこから出ることはできない。劇場は虚構の牢獄だ。どんな問題にも真の解決はない。運命はまだしつこくありえないことを要求するのをやめない。

レストランであの死人のような顔をしたフランス人の青年を見かけましたか、とペソア氏が言葉を継いだ。あの旅の青年は自分自身が処刑されたみたいに人生を投げ捨てたのです、潔いフランス人です、私にはわかります、私は食堂で彼をずっと観察していたのですが、そんな風に見えました、私にはとてもそういう真似はできないですね、彼がすでに死人であっても同じことです、彼はどこかに姿を消したようですが、それはわれわれわれが今この劇場にいるのと同じように不思議でも何でもありません。火のついた煙草をつま先で踏みつけながらペソア氏がそう言った。ソアレス氏は天井を見上げたまま返事をしなかったが、その青年の印象は強く残っていた。夜の劇場は静まり返ったままだったし、静けさはちくちくするほどだった。

この夜は私にとってもたしかに最初の夜です。ソアレス氏がそう言った。生まれたばかりの光のなかにはあの静寂がありますが、それは普段われわれが経験したことのないものです、あなたはそれをよく知っているでしょう、あなたの存在はまるで遠隔操作によるかのように私にそれを示唆してくれたのです、旅など必要のないものです、ともかく私にとってはそうです、テージョ河の河口に陽が沈むのを見ていればいいのですから、光は消えてゆきます、なんて美しいグラデーションなんでしょう、夜にも階調があります、それに比べれば、天の梯子もきっと夢のなかで誰もが見たことのある光景にすぎないかもしれません、明日にはまた別の光が窓辺に射してくるでしょう、それにあなたが語っているとき、たぶんあなたは私ではない、いつも新しい光景というものがあり、私にとってそれはとても貴重なものなのです、ですがそれが私の苦悩の源泉なのです、いくたびそれを感じたことでしょう、私は苦しんでいます、おまけに私は感じたことをすぐに忘れてしまうのです。

ソアレス氏が立ち上がった。さようなら。また近いうちにお会いしましょう、きっとここで。そう言うと、ソアレス氏は階段劇場の暗がりの底のほうへ足早に降りていった。フットライトの小さな灯りが見えた。灯りはぼんやりとソアレス氏の足元を照らしていた。床を引いた古びた油の匂いがした。はじめから誰もいなかったかのように、劇場は下へ下へと底まですっかり沈み込んでいた。では、お気をつけて。ペソア氏は独り言のようにそう呟いた。ソアレス氏の姿はかき消えていた。誰もいなかった。それからペソア氏は背中をぴんと伸ばしたままもう一本煙草に火をつけた。

ポルトガルの詩人フェルナンド・ペソアは数々の「人物」を創造したことで知られる。それらはペンネームでも、登場人物でもなく、「異名」と呼ばれる。その数は七十人以上に及ぶと言われるが、それぞれが異なる出自、経歴、思想信条を持ち、体格も性格も異なり（彼らにないのは実体だけである）、別々の本を書いた。ベルナルド・ソアレスはそのうちの重要な一人であるが、ここに申し訳程度に登場するアントニオ・モーラもリカルド・レイスもペソアによって創造された異名である。ベルナルド・ソアレスは、（フェルナンド・ペソアの手によって）、詩と哲学的思索に織りなされた『不安（不穏）の書』という本を書いた。

アデマの冬

原一馬

詩は、新たな因果を探すようにして、この因果に狂ったようにしがみついている。
——ホセ・レサマ・リマ

私は何も終わらせることができなかった。始めてばかりいた。いや、そうじゃない。始めてなどいない。始めることなんかできなかった。終わらせることのできないものを始めることなどできなかった。

汗に汗がひとつの細い急流をつくりだしていた。瞬間がよたよた千鳥足で逃げる。そいつが逃げると、何かがもう色彩すら欠いた記憶に不意に接木されたみたいだった。木はつねに新しいが、でこぼこしている。忘却自体は後から命名されるただの木の穴にすぎない。この肉体もあの肉体も持たないでこぼこした記憶のまわりに陣取る何かの窪みがあるだけだ。木は生い茂っている。何も思い出せない。瞼を上げるよりすでに前から異様な覚醒が続いていた。世界のほうは眠っていた。飛行機のなかでも、空港に着いても、悪寒が、ひどい震えが止まらない。骨のなかに戦慄が走り、偶然の虫が這いずりまわっている。脳のなかに瘴気《しょうき》のような湯気が立ち込め、それでも偶然は私を峻拒《しゅんきょ》し遠ざけようとしていた。自業自得なのだ。たしかにいろんな偶然が私をこの世の外から自分を眺めさせていたが、その自分とやらをやみくもに変更することはけっしてかなわないだろう。つまらぬエピソードの動機を選択し、解釈し、しかも放棄しようとしたのは、結局のところこの私だったのか。そうであれば、書いているのは君なのか。

飛行機に乗っていると、汗で湿ってポキポキ音を立てる首が締めつけられた。窒息寸前からやっと解放されてトランジットのモスクワ空港のロビーに腰かけようとして、その凍てついた床で足を滑らせた。このしみったれた陰気な空港はまだ半分が軍事空港のままだった。凄まじい音を立てながらスローモーションのように私はひっくり返った。自動小銃をもった兵士たちが走ってくる。この若い兵士たちは、何というか、陰気な表情のなかで凝固したまま身動きできなくなって久しいみたいだった。

「すでにおまえが私を見つけていたのでなければ、おまえは私を探しはしないであろう」。不思議な感動が私を満たしていた。空港ロビーの明かりは貧血症状のときに見るように不自然なほど暗かった。それとも仕草の大きさ、欠乏状態、私のなかですでに起こっていた語彙の崩壊などなどによって、そんな風に錯覚しただけなのだろうか。そんなことはあり得ない。私も真っ青な唇を歪めてにやっとするのがやっとだった。言葉を飲み込んだまま選び出すことのできない瞬間があるのだ。何かが私を黙らせていた。私は錯乱する。言葉を錯乱させたからだ。それらの瞬間が小さな花で編んだ頼りない首飾りのように数珠つなぎになって、もどかしいまでにゆっくりと時が流れてゆく。真冬だというのにとにかく私はしこたま汗をかき、手の震えが止まらなかった。

＊

日本を発つ寸前にも妙なことばかり起きていた。その日は珍しく家路を急いでいた。萎れた皮膚のような壁の続く貧寒とした道が私にそれを強いていた。霙《みぞれ》まじりの雨が思い出したように降っているのに、家が近づくとスイカズラの匂いが急にしてきた。冬だから花は咲いていないはずなのにその日はどうも変だった。スイカズラは漢字で忍冬と書くくらいだから、塀から垂れ下がった蔓《つる》草のような枝は冬でも毎年けなげに緑の葉っぱをつけている。ラテンアメリカの聖書みたいな本（どの本だったのだろう）にも、そんな記述があったはずだ。それにしてもきつい香りだ。ここはブエノスアイレスの街角なのか。陽の光の下で自分の足元をぼんやり見ていた老作家が、迫り来る死の影に怯えながら、「死など何でもない」と呟いたあの街角だ。スイカズラの花を思いっきり吸うと蜜の味がしたことを思い出した。子供の頃は学校の帰りにいつもそれをやって、道端にスイカズラの小さな白い花をひきちぎってはまき散らしていた。

そんなことを思って歩いていると、家のすぐそばまで辿り着いていた。ひどく疲れているのがわかった。期待も、さらに忘却もない。私のアイドルだったあの老人は今は不在ノデクノボウであるか、もはや存在しない。東西南北に挑みかかるその不在は壁の向こうの落書きみたいにあっさり消えてしまうだろう。今日やったことといったら、鳥の剝製を買おうと思って結局何も買わず、帰りに新宿の地下回廊の角でホームレスの空き缶に百円放り込んだだけだった。

　急に雨は小降りになっている。

　ほっとして頭を上げて見てみると、我が家が見当たらない。小雨のなかを歩いてきて、家並みはいつもと変わるところがなかったのに、違うところがあるとすれば、ひどい腰痛をかばうようにわざと斜めに傾いたまま歩いていたからなのか、我が家が近づくと、暗闇に浮かぶ家並みがドイツのサイレント映画の書割りのように傾いて見えていたことだけだった。書割りは段ボールでできているのか、ぺらぺらだった。殺人のあった家、そんな言葉が脳裡に浮かんだ。どこかの暗がりの片隅で、夜の鳥が鳴いている。それに四つ辻はけっして直角には交差しない。直角は垂直方向に延びた天の重みを必死に耐えながら嘲笑うように歪んでいる。そしていたるところに三角形があった。空間自体が貧乏ゆすりをするように、薄暗く揺れる平行線は少しずつ近づいてとうとう最後に交わり、そこいらじゅうが鼻がぐすぐすするほど埃っぽい。

　ドイツ表現主義映画の書割りだな、こいつは、などと考えていると、自分の着ている服から黴のような臭いがとってつけたように漂ってきた。昔の雨の臭いだった。こんなことがしょっちゅう起こるなんてほんとうに辟易する。ペルーかどこかの南米の町の郊外だったら、きっと夕方になれば、ずっと続くピンク色の壁からかわいらしいスイカズラの花がのぞいているのが見えたかもしれない。憂鬱で不幸な気分を振り払うように、いや、けっして不幸な気分などではなかったのだが、私は立ち止まった。私は偽装した。鎧のようなものがちらっと見えた。夜の偽装者という偉大な乞食の言葉を思い出す。むしろ笑いたくなって、あたりにはひと気はないはずなのに、周囲をきょろきょろ見回した。白状すべきことは隠さねばならない。だが白状すべきことなど何もない。むしろ道端で輪遊びをする少女に手を振ってみたくなったほどだった。目の前に見える、だがはじめて見る明かりの灯った家からは、死んだはずの友だちがしきりに咳をするのが手にとるように聞こえていた。少女なんかどこにもいなかった。私は道端にヘドを吐いた。

ある人が自分についてのイメージ、未来の欲望を差し引いたある種の像を心に描くとする（だがそれを素描したのはどんなカンバスの上なのか）。しかしこの像が誇大妄想、少しばかりの虚言、偽装、白昼夢からなっていることに間違いはない。この像は廊下の奥にかけられた古い鏡に映った歪像のように非現実的に歪んでいて、彼がこれまで形成してきた射影のような実在を正しく投影してはいない。それにもかかわらずこの像は彼にとっての些細な現実そのものをつくりだしもするのだ。それはほとんど夢の終わりの情景に似ていたが、そのイメージそのものは唯一無二のものだった。夢の終わりのあの突然の転回はいたるところにあったが、朝になれば夢はとっくに消えていた。

旅に出たのは、頻繁にこれが起こるようになって半年後のことだった。それはそうと、どこにいるのか。どの国なのか。ウィルス性であろうとなかろうと、病気の潜伏期間はとても長いものらしい。健康の虜になって、病気が君を生かそうとしている、と言うことそれ自体が君を押しつぶしにかかっている。意志と気まぐれが微妙に強欲と献身と退屈を装っているとしても、あいつに金を騙し取られるのもそのせいだったのかもしれない。唖然とするほどありふれた話なのだ。

異国情緒という言葉は不埒で不正確な言葉かもしれない。猥褻《わいせつ》な感じがしないでもない。地平線を踏み越えたとしても、そして背後がない異郷を体験したとしても、あの親密な驚きは雲散霧消してしまった。私の語っている言葉はじつに軽々しいが、嘘にまみれた、しかし切実でもあった親密さについて語るべきなのかもしれない。何への親密さなのか。せいぜい原因も手段も理由も言うことができないあの堪え難い自己の溶解のことである。長旅などしていないのだし、どこもかしこも灰色の十月十日だ。そんな蝿の唸りとは別に、私はつまらぬあの沈黙を懐かしさとともに感じてしまった。これはほとんど神と自分への冒瀆だった。神様は忙しいし、あの国は遠くにある。

私はヨーロッパのある町から帰ったばかりだった。

アデマ。どこにでもあるようで、そんな町はどこにもなかった。旧約聖書のなか以外には。

いつも俺は急いでいた。またあれが起こった。霙まじりの雨が思い出したように降っているのに、家路についていると、スイカズラの匂いが急にしてきた。こんなことは二度と起こってほしくはなかった。塀から垂れ下がった蔓草のような枝が見えた。スイカズラは漢字で忍冬と書くくらいだから、冬でも毎年けなげに緑の葉っぱをつけている。それにしてもきつい香りだ。頭がくらくらする。スイカズラの花を思いっきり吸うと蜜の味がしたことを思い出す。子供の頃は学校の帰りにいつもそれをやって、道端にスイカズラの小さな白い花をひきちぎってはまき散らしていた。遠くから見ると、ずっと後で効き目を強めようと外側のいらない成分を捨てるために一生懸命いろんなところで剝いていた鎮痛剤の錠剤の粉をまき散らしたみたいだった。チョークの粉。黒板は暗黒のなかにある。暗黒に白い粉をまき散らしてやろう。スイカズラという言葉を前頭葉のあたりで反芻すると、いまでも頭がぼおっとなるのはそのせいかもしれない。

冬だから花は咲いていないはずなのに変だった。むせかえるような小道。そう思って歩いていると、家の近くまで辿り着いていた。雨は小降りになっている。見ると我が家がない。てくてく歩いてきた家並みはいつもと変わるところはなかったはずなのに、いつもと違うところがあるとすれば、ひどい腰痛をかばって斜めに歩いていたからなのか、我が家に近づくと、暗闇にぼうっと浮かぶ家並みが無声映画の書割りみたいに見えていたことだけだった。すべてが傾いている。書割りは段ボールでできているのか、ぺらぺらだった。ほんとうに家並みなのかよくわからない。四つ辻もけっして直角には交差しない。俺の視界のなかのいたるところに三角形がある。薄暗い平行線はすぐに交わり、鼻がぐすぐすするほど埃っぽい。変だなと思っていると、自分の着ている服から黴のような臭いがとってつけたように漂ってきた。雨の臭いだった。やっぱり家がない。俺は途方に暮れた。こんなことがしょっちゅう起きるなんてほんとうにほんとうに辟易する。南米の町の郊外にでも行けば、きっと夕方には、ずっと続くピンク色の壁からかわいらしいスイカズラの花がのぞいているのが見えたかもしれない。俺はこの不幸な気分を振り払うように立ち止まった。いや、正直に言えば、けっして不幸な気分などではなかったのだ。うれしくなって、ひと気のない周囲を見回して、輪遊びをする少女に手を振ってみたくなったほどだ。目の前にある、はじめて見る明かりの灯った家からは、死んだはずの友だちがしきりに咳をするのが手に取るように聞こえていた。またあれが起こったのだ。少女なんかどこにもいなかった。

＊

しょぼい植え込みのところまで走っていって、さっきうんこをしたのだった。雲雀が頭上をかすめて、ピッという鋭い鳴き声だけが落ちてくる。榛《はしばみ》の葉っぱの香りがした。茂みの向こうにばあさんがいるのがわかった。西洋人によくいるような痩せて尖ったばあさんはうんこをする俺をじっと見ていた。ばあさんの顔が曇るのがわかった。何も見えないくせに、何かをことさらに見ている風に、ばあさんは胸を張っていた。ああ、そうだとも！　自分が何かを主張しているとでもいうように！　へっ、笑っているのか泣いているのかわからないばあさんの顔はぼやけて広がり、淡い大気に溶けてしまいそうだ。こんな顔には実体らしきものがない。あたりは静まり返っていた。もう一度言う、実体がないのだ。ばあさんのほうを見ながら、ポケットに突っ込んでいたヘーゲルの文庫の頁をひきちぎってお尻を拭いた。微風が頬を撫でる。精神現象学。産みの微風。モロッコのララシュの浜辺にあった寂しいスペイン人墓地の情景が脳裡をかすめる。黒い頭巾をかぶった男がひとり海辺に立っていた。どの墓もいずれは砂浜の砂に埋もれてしまうだろう。

うんこを拭いて急いで藤棚の下に行くと、あの娘《こ》の髪に顔を埋めるように藤の匂いをかいだ。むせ返るような春の髪の毛。ばあさんはほとんど激怒しかかっているように見えた。俺は自分の手をじっと見つめた。遠くに海みたいな屋根々々を望むこの高台は俺の手のひらのように殺伐としている。風の音だけがして、まるで光に溢れた砂浜の墓地にいるように斜めの光線が見えた。ここはララシュの寂しい墓地にたしかに似ている。黒頭巾と光がある。黒頭巾？　ハレーションを起こした目玉のなかに見知らぬ小人が映っていた。ひげの吸血鬼だ。ぞっとして、俺は空を見上げた。俺はしらばっくれた。見なかった振りをした。青い空。ララシュの幻影はすぐに消える。突然、蝉が一斉にやかましく鳴くのがひどい耳鳴りのように聞こえた。ここで蝉が鳴いているはずがない。蝉はキリギリスじゃない。日本の暑い夏。長い夏。突然、お寺の境内が目の底に蘇ってきた。由緒はあるのに、殺風景な寺だ。道元も一休もここにいた。遠くに近所の幼稚園児たちの大歓声が聞こえる。何かが溶けていった。誰かがかつて首を吊ったにちがいない古い樫の大木が目の端にちらっと見えた。木に梯子が立てかけてあった。

時代などいつでもいい。いまだにペストの時代だ。中世の町並み。ぬかるみ。すべてが不潔きわまりない。ぼろぼろのフリルの衣装。うんこがついて黄ばんだダンテル。雨が降っていた。尿の臭いで目が痛いほどの路地。鼻汁と痰と唾。鼻くそ。そいつをありかまわず吐き捨てる。やりきれない毎日だ。彼女のことを思い出す。思い出す。なぜか空はよく晴れている。

静まり返った夜のパドヴァのピアッツァ・デル・エルベ。行ったこともないのに、どこかでこの広場のことを読んだのだ。広場を照らしていた一昨日の月明かり。月明かりはいつも過去のなかに射しているのか。冬の冷たい光が透き通る。それだけだった。なんて美しいのだろう。彼自身が中世にいるのか、もう自分が中年に差しかかっているのか誰にもわからない。男は月明かりの下であいかわらず自分の手のひらを飽きずに見ていた。日課だった。手相が消えかかっていた。広場のまんなかで、ハムを包んでいた黄ばんだ包装紙が風にあおられて舞っていた。影が揺れている。むこうで立ち小便をしている輩がいる。汗をかきすぎて干涸《ひから》びてしまった彫像。崩れて跡形もない神殿。パラティヌスの丘の神殿。ほんとうにこの世にそんなものがあったのか。そんな思いが俺のがたがたのからだをかすめて通り過ぎる。そのまたずっとむこうに寄せては返す潮騒。不吉な波また波。ジョイスはそれを欲望の波だと言ったが、そうなのだろうか。見えないのに、押し寄せてくることがわかる。真夜中だというのに、いまでもそいつが窓を開け放った眠れぬ病床にいるようにしつこく聞こえている。

ほんとうにユリシーズは帰還したのか。あの嘘つきの放蕩息子は。いくら知謀にたけてはいても、息子って歳じゃない。死にかけの愛犬、蚤とシラミだらけのアルゴスがほんとうに待っていたとでもいうのか。犬はいつだって俺の味方だった。だがユリシーズといっても、いろいろいるさ。ならば俺と君たちの時代はあったのだろうか。耳と足がかゆくてしかたがない。終わったことは終わったことだ。足から肛門にかけてミミズ腫れのような戦慄が走る。

むこうに、尻を拭いて、茶色に変色して、くしゃくしゃになった日本語のヘーゲルの頁が砂にまみれて落ちていた。読まなかった頁だ。これらのヘーゲルの重々しい頁は永久に読まれることはないだろう。たいそうな話じゃないか。中味をくりぬかれた言葉がある。私の生きた現実の時間が消え失せてしまうまでそいつはひとりで勝手にしゃべり続けることだろう。頭にくるといつもやっていたように、湿った土の上をずるずる匍匐《ほふく》前進したくても、自分の糞がそこにあるのでいまはそんなことはできない。散歩のばあさんはさも軽蔑した顔をわざとこちらに向けてから、いそいそと立ち去った。ばあさんに手を振るかわりに、ゲイの連中が花束にそうするみたいに俺は榛の茂みにもう一度顔を突っ込んだ。二度とはやらない。蟬は鳴いてはいない。世界は小さい。遠ざかってゆくばあさんの後ろ姿が見える。

　夜であればいつ母方の田舎の祖父の家に行こうとも、厠《かわや》に通ずる吹きっさらしの木造の渡り廊下にはあたりの闇からじめじめした冷気が伝わって、ヤツデの大きな葉っぱが闇のなかにさらにまっ黒い影を落としているのが見えていた。虫がちっちっと鳴いていた。自らが不浄であるのか便所が不浄であるのかいざ知らず、不浄であるには違いなかった便所にそもそも行くのはとても怖かったので、どんなときもこのヤツデの黒い影が少しでも夜の微風に揺れていたりすると、なおいっそうの恐怖を覚えるのだった。小便をするのを諦めることもある。そんなときは知らん顔して風呂場で用を足した。

昔の厠は恐ろしい。厠の小さな明かり取りの窓からもヤツデが見えた。しゃがんでいると、否が応でも耳をすまして、目をこらす。雨が降っていたりすると、時にはヤツデの葉っぱが黒一色のなかで白っぽく見えることもあったが、その幾層をもなすこの闇の層のことは今でもよく覚えている。闇の層は重なることなく目の前で幻覚の奥行きのようなものをつくりだし、闇が闇の質料だけでできているのではないことを知らしめる。目をじっとつむっていると、闇のなかに時おり白いヤツデが現れる。ヴェネツィアの画家ティントレットが天使を描くときに使った幽霊線のような白い輪郭が不意に現れる。もやもやしたヤツデの白は闇のなかでさらにもっと黒い部分を浮き上がらせ、気まぐれにずっと下のほうへむかって、まるで俺を誘うように目のなかをゆっくりと降りてくる。するといと麻ひものようなものが下のほうへ向かって飛んでゆく。火の玉が見えることもある。それは風に少しだけ震えるようにゆらゆらと消えてゆく。だが突然、白いヤツデは奇妙な百合の花に変わっていたりもした。恐怖から逃れようとして、だから目をつむるのも考えものだった。

全身癌で亡くなった俺のばあちゃんの黒ずんだ顔を思い出す。ばあちゃんは母が嫌いだったのだろうか。母ちゃんがいじめられているのを見ると、いつも近くの親戚の庭まで駆けていって、玄関の靴を全部かっぱらって庭の小さな池に投げ入れた。とうとう池の魚は全部死んで、どろどろのヘドロの底なし沼になっていた。しょぼい庭など猫だって見向きもしないのだから、それに気づく者なんていやしなかった。売り払われ人手に渡った畑の土くれから掘り出した女の恨みの櫛《くし》のように、何足も何足も腐った靴やスリッパが池から出てきた。俺はわざとそれをコンクリの塀の上に並べて乾かした。陽が照っていた。犬が吠えていた。塀のむこうにバリバリになった靴やスリッパが散乱していた。

だからどうしたってことはない。どうもできない。単純で、うっとうしくて、よくある話さ。ひとりっきりでよくぼんやり考えた。自分が何を考えていたのか俺は正確には何も知らない。ささやかな日課だった。駅のベンチに座って、丘の上のでっかい縄文岩にもたれて、歩きながら、鼻のひん曲がる公衆便所でしょんべんしながら、考えた。何を知っているというのか。自分が脳軟化症だと思った。未来の時間は虫に喰われている。煙草の火で焼け焦げたページの穴。地中にいるみたいに何も考えられないのだから、おつむにも土がつまっていた。死にかけの老人がひとり俺の頭のなかをうろうろしていて、そのあとそこから這い出てきた。糞みたいな、ちっぽけな考え、びっこのリズムをともなった明日の石畳。古い石畳。誰かがコツコツ杖をついている。杖の音は建物のあいだで少しのあいだ淋しく反響し、それから消えた。はげっちょろけの狭い空のむこう側へ。傾いた空はすぐそこにある。睾丸《こうがん》が破裂しそうだ。しかし空から落ちてきたものがあったとしても、神が落っこちてきたとしても、ここは古代ギリシアの神殿じゃない。俺があちこちで苔むした石畳を何度も何度も踏んづけたとはいえ、その下には巨大な汚れた下水の水路があったのだ。誰も知らない地下水脈。それとも身を切るような清水だったのか。誰も見たことのない大きな池だってあるに違いなかった。奇怪な魚が泳いでいた。

水が流れた。ばあちゃんも流れた。家も、写真も、思い出も。星がひとつ落ちてくるたびに、水が苦くなった。こんなひどいことはなかった。どうやったって、どう恰好をつけたって、どう転んだって、しょぼい人生が天空と踵《きびす》を接している。ここやあそこにはたくさんのものがあって、まったくないに等しい。ああ、わかってるよな。もし前世や来世があるなら、さっさとそいつを圧縮して全部俺によこしてほしい。俺はそれをこの世で一度のうちに体験してみたい。俺は発狂するだろうか。三陸の小学生たちよ、スミレの花が咲いていたっけ。スミレは紫色だった。そのことは誰もが覚えている。

おまえは書いた。たいしたものは書いてない。おまえはその犠牲になったのか。書かれたものと書かれなかったもの。書かれたもののなかの書かれなかったもの。それを見てみなければならない。ページをめくる美しい指。嘘つけ、とんでもないことだ。口の端ですぐに蒸発するものがある。あの変な叫びは何だったのか。雲雀だって落下する。亀も空から落ちてくる。アイスキュロスよ、君は亀が頭に当たって死んだのだから、あの叫びだけはちゃんと覚えておこうじゃないか。書かれたものの余白に字が浮き出たとしても、特殊な消しゴムがあって、消しては書き、消してはまた書き、それを明日になって口にされる言葉にすりかえた。叫びは延期されたのだ。錯乱しっぱなしの未来の行動は神の目が見た海辺の情景に少し似ている。ハマナスの花が咲いていた。そこにはひと気がまったくない。あまりにも人がいないのだ。ずっと大昔に犯罪が行われたからなのか。ワルプルギスの夜には広場の片隅でうんこがしたくなるって誰が言ったのか。糞便性の探求とはよく言ったものだ。魔女たちもいない。言っておくが、死霊がいくらさまよおうが、聖なる戦いなど金輪際なかったのだ。少なくともそんなものはどれも最初から跡形もなかったように消えてしまった。歴史的に。歴史って何だ。見たことも、触ったこともない。鷲や鷹の性質なんて、それに虎、弓、盾なんてしょぼいものじゃないか。われわれはずっと不安にさいなまれている。戦いに勝ったとしても、さらに破滅が待っている。イギリスの歴史家に聞くまでもない。ローマ帝国は滅んだ。人類は退化しつづけた。われわれは砂漠に我が身の一部を残してきたのだ。ああ、そうとも、だが、どこなのだ、それは。

どこかへ行ってしまうことにしたのだった。理由はほとんどない。ここがもう無理だったからだ。それだけだった。犬と別れるのだけがつらかった。犬はおふくろと妹に預けることにした。どこでもよかった。俺は二十歳だった。もうなくなってしまった昔の家のまんなかに居間があって、そのまたまんなかに親父とおふくろの本棚があって、そのまたまんなかに煙草のヤニで黄ばんだプルースト全集が並んでいた。どちらかといえば、おふくろの本だった。貧乏だったくせに、上等の服を着て、駅前の本屋に予約しに行って、毎月、一冊出るたびに律儀に買っていた。親父の給料は三日でなくなっていたのに。貧乏なのは日本中がそうだった時代だ。失われた時を探すだって？　ガキの頃、不良の真似事をはじめて、ふざけるなと思った。自分の家の応接間のどまんなかに失われた時があるなんて許し難いことだった。なんで家のまんなかで時間を探したりするのか。なんで時間は失われたりするのか。たしかに時間は失われていた。それはわかっていた。あらかじめ失われたものがあることくらいガキにだってわかる。最初の頃、つまり子供の頃、俺は病弱だった。ずっと病気だった。布団の王様だった。布団が山や川になった。それを眺めて暮らした。俺は病気の箱庭のなかで遊んでいたようなものだ。病気のとき以外は、何も考えていなかった。時間が消えてしまっていたのか。ある意味ではそうだった。ともかくプルーストなんか絶対読む気はなかったし、実際読まなかったが、でも作家だ。アデマにもいたことがある。その影響だって？　そんなものはない。知っているのはタイトルだけ。おまけに日本語。ふざけんな。読んでなんかやるものか。読まずに、でも行ってしまった。田舎者のくせに、アデマくんだりまで。どうせあっちで死ぬか、ろくでもないことになるだろう。警察の問題もあった。爆弾をしかけたこともないのに、公安警察がしつこく俺をつけ回していたからだ。目を閉じさえすればいいだって？　そんなことあるもんか。すべてはずっと前に頓挫していた。外国語なんかできなかった。いい加減なことしか周りで起きてはいなかった。誰もいなかった。俺は何かを蹴飛ばして、けつまずいたのか。そんな感じだった。踝《くるぶし》が腫れ上がっていたからだ。

一九五四年生まれであること以外は身元不詳の作家である。原一馬という筆名による書物は、調べる限り一冊も出版されていない。このような作家であれば、むしろとてもあえかであるとは言い難いこのエディプス的存在を、アルゼンチンの大作家ボルヘスの作品の登場人物のひとりのようなものと見なすか、あるいは偽の注のなかで言及されるだけの「存在しないページ」のようなものであると考えるべきであろうが、何しろ詳細は不明であるし、謎の上塗りは厳に控えておきたい。

風の狂馬

アントナン・アルトー

来る日も来る日も、昼が昼に、夜が夜を継いでいた。滝のように続き、それが砕けてばらばらになる言葉の連なりが、アントナン・アルトーの脳髄のなかでにわかに沸騰しはじめていた。拷問だった。それは遠くからの呪詛《じゅそ》にも似ていたが、言葉にはどれも目があって、それが彼を睨みつけている。精神病院に監禁されて以来、そんなことが起こり始めて数ヵ月が経っていた。この邪眼は彼の記憶の焦点のように光を発し、じょじょに燃え上がり、それから空間が一変してしまうかのように感じた刹那、腐った卵のようにどろりと溶け出すのだ。

一九三九年二月二十七日にヴィル＝エヴラール精神病院に移送されてから、アントナン・アルトーは書くことができるまでになった。カトル＝マール精神病院やサン＝タンヌ病院を盥回しにされた後のことである。彼は書こうとしていた。生きるということ自体が、脳のシナプスのあいだで霧状の分泌物になり、書くことによってしかこの遮断を打ち破ることはできなかった。アルトーの頭とからだから出ていったものはすでに無駄になったアウラだった。このアウラを叩きのめさねばならなかったが、アルトーに自殺の選択肢はなかった。それは彼の生き方に反することだった。文字が書けないとき、彼は紙の上に鉛筆でただ線を引いた。

ヴィル＝エヴラールはパリの北東にあり、ニュイリー＝シュル＝マルヌ方面へ国道三十四号線を行かねばならない。バス停のそばを入ると、青々とした病院の長い並木道があり、その先に病棟がある。あたりは、ここがずっと人の住まない廃墟だったようにひっそりとしている。

アルトーはずっと行方不明だった。一九三七年十二月に、もうすぐ七十歳に手が届こうとしている母親と、作家でガリマール書店の編集者だったジャン・ポーランが走り回って、やっとのことで彼がカトル＝マール精神病院にいることを突きとめたとき、アルトーは衰弱しきって母親の顔さえ見分けることができなかった。収容された狂人たちが何かの犠牲者であることに変わりはない。自由は包囲されただけではなかった。狂人たちは次第に不透明になってゆく。だが、アルトーは役者でもあったのだからそのことをよく知っていたはずなのに、彼は自分の来歴の底も、彼自身の身体の底も、ほんとうに突き破ってしまっていた。あんなにも素晴らしい役者だった彼は下まで行ってしまった。身体は身体で勝手に進退極まっていた。アルトーはとても苦しんでいたが、そのことさえもうどうでもよかった。だがそれは他人の感慨にすぎない。ダブリンのイエズス会の施設で騒ぎを起こして逮捕され、フランスに強制送還された後、最初に病院に強制監禁された当初は、自分が誰なのかもわからなかったほどである。

そういえばアイルランドにはアイルランドの聖人である聖パトリックの杖を返しに行ったのだった。あの古代の巨石群とドルイド僧たちの国。水の上をいくつもの霊が旋回していた。二年ほど前のことなのに、別の世で起きてしまったことのような気がする。強制送還の船で、ル・アーヴルの港に着く前に暴れて拘禁服を着せられた。そのことだけは鮮明に覚えている。奴らが彼を殺そうとしたからだ。彼はスパナを持って抵抗した。イエズス会の学校でもそうだったが、おおぜいの怒号が耳の奥の側頭葉のあたりにこびりついて離れない。海の上では潮風と船室のゲロの混じった嫌な臭いがした。

病院の外では、ナチス・ドイツによって第二次世界大戦が始まろうとしていた。けっして病院での治療の成果などではなかったが、ヴィル＝エヴラールに来てからは小学生用のノートにメモしたり、手紙を書くことができるようになった。シェイクスピア書店のアドリエンヌ・モニエにも手紙を書いた。アドリエンヌ・モニエがそれを雑誌に載せたので、ポーランは怒っていた。なぜポーランが怒っていたのかは理解できたが、そんなことはアルトーにはどうでもよかった。二年前、アイルランドへの不可解な旅の直前に校正を終えていた『演劇とその分身』が、去年、ガリマール書店のメタモルフォーズ叢書から四〇〇部刊行されたことがわかったのもここでだった。

親族との面会はまだ拒否することがあったが、友人たち、女優たち、アニー・ベナールやソランジュ・シカールやジェニカ・アタナジウ、ロジェ・ブランやルネ・トマの面会は受け入れた。アニー、ソランジュ、ジェニカ……。かつてもっと別の形の愛を捧げたこともあった俺の娘たち……。ロジェ・ブランの訪問は二度目のようだったが、前の病院にやってきた顚末はよく覚えていない。アルトーはロジェを気に入っていた。ここでも友人たちとの会話は記憶に残らなかったが、彼らが誰であるのかはわかった。アルトーは少しずつ自分を取り戻し始めたのである。

しかし長年やり続けたヘロインをはじめとする阿片アルカロイド系麻薬の禁断症状はまだ続いていた。断続的に悪寒に襲われたし、筋肉に刺すような痛みがあって、からだの節々が硬直し、骨のなかを何かがうじうじと走った。足も腕ももぎ取ってしまいたかったが、つねったり、引っ張ったり、叩いたりするのが関の山だ。自分ではどうすることもできない。体温が急激に下がるのがわかった。がたがたとからだが震えた。顔とうなじに紫色の斑点が現れ、腰に万力で締めつけられるようなひどい圧迫感があった。カタルのような激しいくしゃみと鼻水、赤痢のような下痢が止まらない。存在は水溜りのようなものになり、溺れたように呼吸が苦しい。発作が起こるとからだじゅうがひとかたまりの苦痛それ自体と化し、苦痛に苛まれる意識は身体全体の苦痛そのものに混じってしまう。

この苦痛こそが俺の肉体なのだ。俺のからだはどうなってしまったのかと考えることさえできない。そのときは神に祈って、神に悪態をついた。身体は夜の堰門《せきもん》を開いてしまっていたが、真の夜そのものはけっしてやってこない。意識はただの案山子《かかし》のくしゃみにすぎず、身体は暗い穴だらけで、あまりの苦痛にそれを離れたところからただ見ているだけだった。そんなときはまだましなほうだった。身体はひとつの寄せ集めであり、すでに寸断されてしまっているが、瞬時に苦痛がそれを再び一点に集めるのだ。なんとか便所まで行って、便器にすがって吐こうとしても、吐くものなどなかった。胃はしぼりとられ、腸は捻じ曲げられ、すべての器官が悲鳴をあげた。ここでも相変わらず薬漬けにされているのに、欲しいクスリを手に入れることはできない。何としても必要なのだから阿片チンキを処方してくれと要求しても、医者はただ鼻先で笑うだけだ。

回復の兆しを見せてはいたが、それでもアルトーはまだひどい状態にあった。

第七病棟。Cセクション。多くの扉。鍵がかかっている。市松模様の汚れた床。色褪せ、ところどころ日に焼けて変色した壁。漆喰の壁は剝がれて亀裂があった。壁には歪んだ人の顔のような模様が浮き出ていた。クレゾールの臭いが鼻をつく。病室には粗末なベッドがひとつ。シーツ。スチーム。半分割れてしまって電線がむき出しになったコンセント。尿瓶。電球。床がタイル張りの風呂場にはホースが乱雑に置かれている。地震計のような電気ショックの機器がむこうに見える。

腹が減って仕方がない。ろくな食事もない。口がからからに乾く。ヒトラーの野郎のせいなのか、戦時下だからだといっても、これほど食うものがないとは……。ナッツとアーモンドとイチジクの実とブドウとクルミが食いたい。蜂蜜、チョコレートも！　トマトとチーズとオリーヴとキノコが食いたい。本物のケーキ、ビスケット、パンも。直接、蛇口から水ばかり飲んでいる。塩の柱になったみたいだ。振り返ってはならない。振り返れば、塩の柱になる前に首がもげてしまうだろう。そして大勢の患者たち。気違いどもを扱う奴らのやり方ときたら！　俺の生は根底から否定された。たしかに俺は病人だ。ふらふらで立ってさえいられないときがある。極度の栄養失調なのだ。

俺たちは阿呆舟の上で揺られている。舟の上には汗臭い老人から頬のこけた青年まで、大勢の顔がある。みんな小便を漏らしている。顔じゅう歯茎だらけになった老婆も痩せた子馬のような子供もいる。黒い顔、白い顔、赤い顔、青い顔、緑の顔。彼らの顔は半分崩れて消えかかっている。石の筏《いかだ》はまっ黒な荒波にもまれ、沈みかけているのがわかる。そんなことは誰もが知っている。迫害妄想を伴ったパラノイア性症候群。俺の病気は不治の病らしい。まったく笑わせてくれる。むしろ精神病院とは意図的であらかじめ計画された黒魔術の集積所にほかならないのだし、それが俺をこんな病気にしているのだ。

廊下の窓は磨りガラスだったが、反対側の鉄格子のついた窓からはよく手入れされた芝生が見えた。どうして明るい外はこんなにも手入れが行き届いているのに、中は暗くて不潔ったらしく薄汚いのだろう。

今日もいい天気だ。ヴァン・ゴッホの絵に描かれていたよりもっと大きな糸杉の木が芝生の上に黒い影を落としている。大きくて深い影。あの木陰でずっと休むことができれば……。向こうにいろんな樹が見える。四方八方、枝はのび放題だ。鳥たちが星を散りばめたようにあちこちにいて、地面に舞い降りては何かをついばんでいる。庭を白衣の医者が二人話し込みながら歩いていた。ひとりはまだ見習いのインターンのようだった。ボクサーのように屈強な看護師がすれ違う。だが医者たちの後ろには、たまに死人がつきしたがうように歩いているのが見えたし、庭のベンチにも黒い人影のような塊が座っていることがあった。今日はいい天気なのに、急に雹《ひょう》まじりの雨が降る。ばらばらと地面を叩きつける音がする。いや、雨など降ってはいない。

何とか記憶をたどった。やっと記憶をたどることができるようになった。記憶は一本の道筋ではなかった。それは不定形の塊のような、星雲のようなもののなかから少しずつ姿を現し始めた。違う、そうじゃない。この星雲のようなものこそ妄想の産物であり、幻影だったに違いないのだ。それを切り分けて、ヤスリを使って少しずつ進んでいかねばならなかった。よく見ると、両側にはぶよぶよとした煉瓦様の壁があった。壁と壁の間はやっと人ひとりが通ることができるほどだ。見上げると、空には黒く渦巻くゼラチン状の大気があった。

アイルランドに行く前は、モンパルナスでいかがわしい連中と会ったりしていた。呪いにかけられた連中だった。俺には呪いが何であるのかまだわかっていなかった。アナイス・ニンにも会った。彼女とは結局うまくいかなかった。ジャン・ポーランが麻薬の解毒治療の金を払ってくれた。ベルギーにも行った。ブリュッセルで講演したが、次第に激昂《げっこう》して観客を罵った。セシル・シュラムとの婚約は破棄された。久しぶりにアンドレ・ブルトンと再会したのもこの頃だ。『存在の新たなる啓示』という本を出した。「タラウマラの国への旅」という文章を雑誌に送った。

その前はメキシコにいた。アンヴェールから乗船して、ハバナに着き、ヴェラクルスで下船したのだった。山岳地帯の谷を何日も馬にまたがって進み、インディオのペヨトルの儀式に加わった。禊《みそぎ》のために谷の急流にヘロインの包みを投げ捨てた。それでよかった。インディオたちとともにペヨトルの白い粉を吸った。誰も身体に触れてはならない。それは向こうからやってくる。脾臓《ひぞう》と肝臓からとてつもなく古い何かが流れ出てきた。夜が皮膚すれすれに降りてきたし、昼には記号の山が見えた。空間は遠のき、薔薇色の風が起こり、山は荒々しく灰色で、さまざまな記号は妙な形をしていたが、それらは偶然から生まれたものではなかった。

その前はどうだったのか。野次と怒号のなか「演劇とペスト」についてしゃべった。芝居の舞台があった。アルフレッド・ジャリ劇場。ロジェ・ヴィトラックがいた。女優たちがいた。バルテュスが書き割りをつくってくれた。チェンチ一族を上演した。作曲家のエドガー・ヴァレーズと会ってオペラをつくる計画を立てた。劇場では俺の劇をつぶすために乱入してきた昔の友人たちと乱闘になって警察に連行された。彼らは虚構を嫌った。俺だって嫌っているというのに。だが敵である彼らの気持ちはわからないでもなかった。その頃はいろいろと映画にも出た。ベルリンに行ってフリッツ・ラングやドイツの映画人たちにも会った。それから映画を諦めた。金の問題にうんざりしたからだ。シュルレアリスムの友人たちをいまでも思い出す。あの研究所。あそこで実験をやったが、俺は眠りの実験などごめんだった。それには加わらなかった。自動筆記は様々な点で危険な行為だと考えていた。モンマルトルのカフェには、ブルトンやデスノスがいた。遠い昔のような気がする。俺は彼らの道連れにはならなかった。……

昼となく夜となく、アルトーはものすごい興奮状態に陥ることがあった。看護人やインターンたちはそれをとても怖がった。手がぶるぶると震え、一点を見つめて何かを呟いていた。いつも汗びっしょりだった。それでいて彼はとても遠くにいるように見えた。実際、彼は遠くにいた。骨を粉にして身を砕いていた。何に対して奮闘していたのかは人にはけっしてわからないだろう。凄まじい努力としか言いようがない。歯を食いしばり、皮膚と骨と心に何かを刻みつけていた。この苦悶の刺青は全身に及んだ。アルトーは歩き回り、息を吹きかけ、はっはっと息を吐いた。看護人たちが取り押さえようとしても、ボロ靴が脱げても気づかなかった。ズボンも破けた。生きているために他に何ができただろう。ここにいて、こんな気違い病院にいて、いったい何ができるだろう。まわりを取り囲んでいたのは死霊や生霊だけでなく、悪鬼や悪霊たちだった。アルトーは戦っていた。インクブスもスクブスもいた。ただの蠅もベルゼブブもいた。首を絞められた。電球が手も触れないのに突然割れた。夜になると、誰もいないのにドアが開いたり閉まったりした。下等な悪魔の手下たちがあちこちに潜んでいるのだ。魑魅《ちみ》魍魎《もうりょう》は彼の書くものにまで近づいて、悪さをした。盆の窪や口や毛穴のなかにまで入り込もうとした。

アルトーは一生懸命、升目状の小学生用ノートに鉛筆とインクで徴《しるし》を描き、文字を書いた。グリグリ（魔除けの護符）をつくるためで、魔術を抹殺する魔術を行うためだった。矛盾した諸力が欲しかったのではなく、攻撃をしかけなければならなかったのだ。描いたものに煙草の火を近づけて焦がした。この焼成は埋葬に先立つものだ。小学生用のノートには焼け焦げの穴がいくつもあいた。焦げ臭いにおいがした。これが唯一の武器なのだ。殺されないために、ヴィル＝エヴラールでやった最大のことはこれだった。一九三九年、はじめてグリグリを作成したのだ。存在の奥底で、あの暗雲のずっと下のほうで起きていたことは、死霊たちとの戦いによって、同時に形而上学的苦悶を生み出した。だがこの形而上学とやらは小便や糞にまみれている。魂はこの世で身体をひとつ持つことになっている。ああ、それはわかっている。その苦しみはアルトーを呑み込むように身体の表層にまで浮かび上がってきたが、アルトーはあの海にいても溺れなかったし、最後までくたばらなかった。

アイルランドへ行く少し前、ルネ・ドーマルが手ずから訳した『臨済録』をアルトーに手渡しにカフェにやってきた。いつもはそうなのだが、その日は仲間の詩人ロジェ・ジルベール＝ルコントは一緒ではなかった。ロジェはここ数日ひどい状態だとドーマルは心配そうだった。そのドーマルが立ち去った後のことである。

「俺はチベットに行くぞ」

誰に向かって言うともなく、モンパルナスのカフェ「ル・セレクト」の奥の席でアルトーは思わずそう呟いていた。周りにいた知り合いは聞かなかったふりをしてみんな知らん顔をしていた。

かつて『シュルレアリスム革命』誌に書いた「ダライ・ラマへの上奏文」を書き直すつもりだったのだろうか。あれは間違っていた。俺は間違っていた。あんな生ぬるいものでは駄目なのだ。未知の愛ゆえの過ち。呪いによって調伏されかかった、裏切られた愛。この愛は病気の原因をつくり出したのかもしれない。病気がでっち上げられたのだ。しかしそれは人を殺すことができるし、アルトーは死ぬことになるかもしれない。その頃のアルトーには知る由もなかっただけである。アルトーは最近いつも持ち歩いている杖にもたれて、目の焦点が合っていなかった。その奇妙な杖には瘤があったが、アルトーはその杖が聖パトリックのものであると信じて疑わなかった。

なぜか戦前と戦中のパリやベルリンにはチベット人たちがいた（終戦のとき、ベルリンで大勢のチベット人たちの黒焦げの死体が発見されたらしい）。彼らは目立たないように振舞っていたが、ラスパイユ通りだったか、バビロン通りだったか、ドラゴン通りだったか、シェルシュ・ミディ通りだったか、正確にどこだったかは記憶から消えていたが、アルトーは三人のチベット人らしき人物たちが建物に入っていくのを見かけて、はっとしたことがあった。彼らはラマ僧に違いなかった。堂々としていて、日に焼けて、とてもじゃないが清潔そうには見えず、奇妙な顔つきをしていた。手にドルジェ（五鈷《ごこ》杵《しょ》）を持ち、ツァンパ（小麦）の入った小袋みたいなものをごわごわの寛衣のような汚れた服にぶら下げていた。不可解な光景だった。ラマ僧たちはアルトーのほうを振り返って声を上げて笑った。そんな失礼な振舞いはないとでもいうような笑い方だった。三人とも腹を抱えて笑っていたし、地の底から響いてくるような低い笑い声だった。チベット語はわからなかったが、アルトーには「我が肉を喰らえ」、「渇く者は血を啜《すす》れ」とでも言っているように思えた。なんて奴らなんだ。そんなことが何度か起きるようになっていた。たいていチベット人の数は三人で、尼僧である比尼（ビクシュ）らしき女が混じっていることもあった。アルトーは立ち止まって彼らを睨みつけるだけだった。

そんなことがあったが、何年も経ってアルトーはすっかりそのことを忘れてしまっていた。ヴィル＝エヴラール精神病院での苦闘の日々はまだ続いていた。しかしこんな日々にあっては、アルトーの意識にとって、記憶と忘却は同じ平面上にある二つの平行線ではなかった。平行線はショートし、交わることがある。大きな抵抗が小さな抵抗を誘発するだけではなかったのだ。……

＊

……暮色が迫っていた。ここは精神病院ではない。アルトーとガイドであるチベット人ナルジョルパがごつごつした岩の下に荷物を下ろすと、すぐさま夜が夜の上に重なり始め、夜が夜の上をうろつき始めた。あっという間だった。これほど截然と昼と夜が分

けられたことはなかった。陽は完全に姿を消した。何かがそこらじゅうを歩き回ってい
る気配がする。ナルジョルパはずっとアルトーのことを彼岸から戻った人であるデログ
だと思っていて、この理解の及ばない謎の外国人にまだ少しばかりの恐れを抱いていた。
アルトーの痩せた顔はナルジョルパの死んだ祖父に似ていたし、それは畏怖に近い感情
だった。アルトーは荒い息をしていたけれど、霊媒師であるパウォのように落ち着きは
らっていた。

むしろここにはそれらしいラマ僧などいないほうがいい、とナルジョルパはとっさに
思った。もしトラパ（僧）たちに取り囲まれたトゥルク（高僧）がいて、自分たちに話
しかけてきたりしたら、それは恐ろしい悪霊の化身であり、大変な不幸の始まりに違い
ない。ナルジョルパにはどうすることもできない。こんな夜は特に、木陰や、岩陰や、
せせらぎ、湖、沼、それから谷に気をつけなければならない。

見ると、まっ黒な雲がもうそこまで降りてきて、形を変え始めたかと思いきや、巨大
な人の顔のように見え出した。下まで降りたぶ厚い雲には弾力があって、ゴムのようだ
し、水蒸気でできているようには思えない。雲は明らかに男の顔だった。幻覚なのだろ

うか。こんな荒地なのにシャクナゲが群生している。紫、白、黄、赤。ツツジのようなアザレアの群れが薄闇にぼんやりと浮き上がって見える。闇はこんなとき白っぽく見える。幻覚は雲でできた人の顔ではなく、むしろ花々のほうである。ここに花など咲いているはずがない。

だがここで幻覚を見ているのは誰なのだろう。アルトーやナルジョルパといった人間の目なのだろうか。それともあの岩が見ているのか。世界を見ているのはあの大木なのか。あの黒い雲なのか。世界が幻覚であることを知っているのは世界自体である。世界は、この別世界のなかで、自分にほかならない世界をずっと凝視している、とナルジョルパは思った。

ものすごい風が吹いてきた。恐ろしい風だ。太初のメールシュトロームから吹いてくるみたいだ。時おりキーキーいう風の音は人の声のように、しかも女性の叫び声のように聞こえる。それが渦を巻いて暴れまわっているゴォーゴォーという風本体の音のあいだから聞こえてくる。チェルドーン、チェルドーン、と人の名前を叫んでいるようにも聞こえる。ほんとうに人の名前なのか。文字がものすごい速さで空中を飛び交っているだけではないのか。ルンタが吹き飛ばされるためにあるように、叫び声は消えてしまう文字を運んでいる。その名前はアルトーでもなく、ナルジョルパでもなかった。何百年、何千年も前から女は同じ名前を叫び続けているのだ。

遠くで、ストゥーパ（仏塔）を模した崩れたチョルテンの残骸がまるで人が立っているように見えている。近づくと、破れかかった薄緑色の祈禱旗タルチョがチョルテンにくっついて落ちていたが、そこに書かれていたはずの経文は風雪によって消えていた。タルチョが緑色であったことはかろうじてわかる。緑色は六道のうちで畜生に関わる。赤は餓鬼、黒は地獄の色だが、ここに赤の旗も黒の旗もなかった。緑色は獣を示している。だから今夜は獣に気をつけなければならない。それが幻の獣であっても同じことである。チョルテンの石の残骸は少しだけ傾いていて、何かを嘆いているように見えた。向こうでは、きっとセポラの峠なのだろうか、白雪を戴いた高い山が闇の稜線に沿って狂った雲と一緒に消えかかっていた。

ナルジョルパは食事の用意をしようと思った。夜は長い。昼間は三〇度以上あったのに、夜になると気温は氷点下までぐっと下がる。気温差は四〇度以上になる。何か食べておかないといけない。バター茶の用意をして、包みから半分腐ったヤクの肉を取り出した。盗賊に見つかるといけないので、焚き火をすることはできない。アルトーは火を欲しがったが、ナルジョルパは身振りでだめだと言った。アルトーはチベット語ができなかったが、ナルジョルパの言いたいことはすぐに理解した。ほんとうに聡明な人間とはそういうものだ、とナルジョルパは思った。言葉はいらない。風が知らせを運んでくれるからだ。ナルジョルパはバター茶を何杯もおかわりしたが、アルトーはほとんど何も口にしなかった。暗闇をじっと見つめていたが、目の焦点は合っていなかった。

風が少しおさまると、荒地からは、闇の向こうのほうで、ずっと獣の遠吠えのような声が聞こえ、いろんな動物の死体の腐った臭いがしてきた。遠吠えは狼であるはずはなかったが、何か鋭い、それでいて煙のように拡がる鳴き声だった。不意に、胡椒の香りと萎れた菊の花の匂いがしてきた。ナルジョルパは怪訝な表情を浮かべていた。樒《しきみ》を焼く臭いのようでもある。阿片の匂いだった。神よ、こいつは幻臭に違いない、とアルトーは思った。

このいろんなものが入り混じった何ともいえない奇妙な臭いのカクテルは、アルトーに小便や糞の臭いと一緒になった精神病院のクレゾールの嫌な臭いを思い出させた。もちろん乳香でも、没薬《もつやく》でも、ナルドの香りでもない。若い頃、脳膜炎で入院していた病院でも同じ臭いがしていた。脳膜炎だって？　医者が何と言おうと、脳膜炎などではなかった。彼の脳の深部にはぽっかり穴が空いていたのだ。その穴が埋まることはなかった。そんなとき彼は、隣の病室の物音にじっと聴きいったり、壊れたピアノが奏でるようないつもの同じモテット曲の幻聴に意識を集中した。耳鳴りのなかにからだごと入り込むと、臭いは耳から消えていく。こんな臭いなど！　アルトーはいつもじりじりしていたが、ほんとうは何も待ってはいなかった。あれからもう三十年が過ぎたのだ。

漆黒の闇のなかで二人とも目を凝らしていたが、起きているのか眠っているのかわからなくなった。闇の黒のなかに白いもやもやしたものが時おり左後方から現れて、煙でできた軟体動物のように形を変えながら右下に消えていった。風の音は知らぬ間に消えて、息をのむほどの静寂が二人を襲った。痛いほどだった。ナルジョルパが唾を飲み込む音だけが聞こえた。しばらくするとナルジョルパは寝息を立てていた。

朝がやってきた。アルトーは自分に息子がいればそのくらいの年齢であるナルジョルパの寝顔に朝日が当たるのを見ていた。ナルジョルパの顔は垢だらけだったが、荒地は垢をすっかり落としていた。二人は毛布を畳むと、起き上がって、すぐに出発した。最初の谷に差しかかると、人骨らしきものが散らばっていた。頭蓋骨と大腿骨《だいたいこつ》がすぐに見え、肋骨と骨盤がばらばらに砕けていた。何かがまだ存続していたのかもしれない。すべての意識が分離したままどこかへ消えたとしても、他界を彷徨うものがあるのだ。それはかつては舌の意識や鼻の意識や耳の意識だったりしたかもしれない。この他界の遍歴によって骸骨は解放されたのだろうか、とナルジョルパは思った。

その日の夕方、二人はさほど大きくない湖の前までたどりついた。二人が荷物を下ろすと、夜の帳がすぐに降りてきた。湖はまっ黒に染まった。湖の上の雲が月明かりに照らされて峰から峰へと伝い、谷まで降りてきた。生物が住めるはずのない湖面にはさざ波が立ち、銀色の月光を魚の鱗のように照り返している。またしても雲が列をなして二人のほうへ降りてくるではないか。しだいに雲は黒い湖面の上に布を敷いたように拡がり始め、やがて霧となってアルトーとナルジョルパを包んだ。それから雲のなかから手の形をしたものが延びてきた。雲の手だった。これは現実なのだろうか。ナルジョルパは恐怖のあまり、目を伏せて、歯をがちがち鳴らした。雲のあいだから星が音を立てるかのようにいくつも瞬いているのが見えた。実際、それはかちかちと音を立てていた。アルトーはじっと前を見て、雲を口に含むような仕草をした。アルトーは雲を食べているのだ。

ナルジョルパは危険だと思い、すぐにここを立ち去るようにアルトーを促した。二人は黙って歩いた。アルトーはずっと荒い息をしていた。

次の谷に辿り着いた時にはもう真夜中になっていたのだろう。無数の星が瞬いていた。瞬きにはリズムがあり、乾いて冷え切った大気はまるで無音の音楽を奏でているみたいだった。大きな星には目玉があった。それがこちらをじっと見ている。存在と実在は別のものなのだろうか、とナルジョルパは歩きながら考えていた。そして存在も実在も個体とは無縁なのだろうか。そうであれば仏性は星の目玉にも宿るのだろうか。そのときアルトーが立ち止まった。彼はしゃがみ込むと地面に木の枝で魔法陣のようなものを描き始めた。ナルジョルパがそのアルトーが描くキルコルのような図形を眺めていると、ものすごい悪臭が谷のほうからしてきた。

しばらくすると地の底から響いてくるような読経が聞こえ出した。アルトーにもそれが聞こえているのがナルジョルパにはわかった。とてもゆっくりとしたリズムでうねるように繰り返される大勢による誦経《ずきよう》。大勢の声による声明はある周波数を形成し、ドラの音も人骨でできたラッパの音もしている。ラゴンやギャリンの音も。ナルジョルパは凍りついたまま、地面にへたり込んだ。実際、彼は金縛りにかかっているのだ。

谷の奥から大きな黒い塊がこちらに向かってゆっくりと動いてくるのが見える。薄闇のなかで目を凝らすと、それはだんだん人の群れになった。ものすごい悪臭を放つ集団だった。あまりの臭さにナルジョルパは地面に思いっきり吐いた。たいしたものは食べていなかったので、出てくるのはバター茶と胃液ばかりだった。それでも何度となく嗚咽を上げて吐いた。アルトーは口を引きつらせて笑っていた。チベット高原をうろついている何歳か歳のわからない気違いのようだ、とナルジョルパは吐きながら思った。ナルジョルパの目は涙目になっていた。

アルトーは大地に現れた境界を見ていたのだった。谷には川床がなくなっていた。何かが書かれた古い石版がそこにあるのが見えた。二人はこの谷で迷子になる寸前だった。集団はぶつぶつと読経しながら二人の前を通り過ぎていったが、目の前を通るとき、耳をつんざくような恐ろしい音量で、ぐにゃぐにゃしたマントラが聞こえた。

ファー・ミー・ロン・フュー・アー・フュール・ター・メラー・ラー・フュー・タ・メラー・コ・アンーベール・ロー・オー・フュー・カイーラ・フュー・カイーラー……

ナルジョルパにも何を言っているのかわからないし、この真言はチベット語にすら聞こえない。アルトーが何かを叫んでいたが、集団は彼らに目もくれない。まっ黒な顔をしたひとりの僧はまっすぐ前方を見て空中を飛んでいた。彼の目はかっと見開かれ、足を組んだまま地面から三十センチくらいのところを進んでいた。ここにこんなに大勢の人がいるなど幻覚に違いない。それにしてもものすごい臭いだ。魂の完全解脱と同じくあり得ないことだ、とナルジョルパは思った。

あまりの暑さに二人は目を覚ました。顔じゅう汗と砂まみれだった。谷の入り口でそのまま気絶してしまったらしい。空は快晴だった。アルトーとナルジョルパはいつものようにバター茶を飲むとすぐに出発したが、しばらくすると別の谷が現れ、谷を山岳地帯のほうへ入っていくと開けた土地があった。谷の奥にこんなに開けた土地があるなんて、見たこともない、とナルジョルパは思った。ここは何かがおかしかった。人工的な感じがするのに、ゴンパのような建物もないし、雑草すら生えていない。鳥の囀りも聞こえなかった。いつものように禿鷲が上空を旋回することもない。まったく自然の趣が違って見えた。ふと目を上げると、目の前の平らな土地に、ガラスのパネルがついた穴の入り口のようなものがあるではないか。そのまんなかに縦穴の入り口もある。ここには町のようなものがあるのだろうか。そんな町があるなどということなど、無論、ナルジョルパは聞いたことがなかった。これは不吉の前兆だ、とナルジョルパは思った。チベット高原はそういう土地なのだ。

しばらくすると、どこから現れたのか、三人の人間が二人の目の前を通り過ぎた。さっきまで人などいなかった。どこから彼らが来たのかまったくわからなかった。アルトーが険しい顔をして立ち止まった。二人は男で、一人は女だった。人間ではない、とナルジョルパは思った。こんな白昼の山岳地帯なのに、ともかく普通の人間ではない。顔は蒼白で、チベット人にはあり得ないほど白い。ナルジョルパはチベット語でしきりに何か言葉をかけていたが、彼らは何も答えなかった。彼らの目には何の生気も感じられなかった。ナルジョルパはロランの儀式のことを聞いたことがあった。死者が立ち上がる儀式である。チベットの仏教よりもっと古い儀式のことだが、チベットにはテテアテテという儀式もあって、これは暗い部屋のなかで死体を蘇らせる。普通は、白い岩の下に死体が運ばれ、そこで死体が切り刻まれる。だから鳥葬はまだいい。だがそこに介入してくる奇妙なチベット人たちがいるのだ。チベットには多くの死体切断者、ネグパと呼ばれる黒魔術師たちがいるのをナルジョルパは知っていた。

どのように考えようと、ここで一種のバルドー（中有）の視覚化が起こっていることは明白だった。それは現実のなかの、現実の狭間にしかない。視覚化がどのようにして起こるのかはわからない。アルトーとナルジョルパは、このバルドーを足早に通り過ぎようと、空飛ぶラマ僧たちよりもっと急いだ。この「相似の山」を急いで後にしなければならなかった。この虚無のなかを進む歩く死体などどうでもよかったのだ。アルトーは相変わらず荒い息をしていた。セポラ峠が目の前に聳えていた。……

＊

……気がつくと、アルトーは病室のドアの前に立っていた。見るともなくベッドのほうを見た。ベッドに自分が横たわっているのが見えた。しばらくすると、横たわっている自分から、もうひとりの自分のシルエットが起き上がってくるのが見えた。同時に天井と床が見えた。俺は死んだのだとアルトーは考えた。横たわった臍のあたりに細い半透明の管が見える。俺は俺のからだにまだつながっているらしい。だが見ているのは俺なのだろうか。いまだ一段下にさがったままだったが、俺は生きている。朝の気配がする。さっきから外で朝の鳥が囀っているのがずっと聞こえている。何の鳥だろう。芝生の上に複雑な青色をした鳥がいるのが見える。黎明《れいめい》の物音。石をこつこつ叩く音がしている。他には寝息もしゃべり声も何の物音もしなかった。

非占領地区にあるロデーズの精神病院への移送が決まったらしい。いつだったか、最近ここを訪れてくれたデスノスが言ったとおりだった。監禁から解放される可能性が出てきた。デスノスの言葉を信用してよかった、とアルトーは思った。彼が知り合いの医者に頼んで、いろいろと奔走してくれたのだ。アルトーは、まもなくゲシュタポに逮捕され、ナチの強制収用所で死ぬことになるロベール・デスノスに深い友情の念を抱いていた。手紙も書いた。彼の女房もよく知っていた。ユダヤ人である彼はレジスタンスに身を投じていた。アルトーは彼の死を次の病院であるロデーズの精神病院で知ることになる。古い友人だった、デスノスというあの陽気な男は！

やっと夜が明けかかっているのだろうか。また次の病院に入れられるが、この悪霊の巣窟とはついにおさらばすることができるのだ。

フランスの詩人・演劇理論家・俳優であるアントナン・アルトーは思考の歴史というものをある意味で根底から覆したが、彼にもそれなりに思考の変遷があった。もっともその出発は、思考が不能であり、思考できない、という思考の崩壊から始められたのだから、それがきわめて特異なループを描くことになるのは必定であった。アルトーとチベットの関係はそれほど詳らかにされてこなかったが、彼のなかの「チベット」もまた変遷の過程を辿ったはずである。しかしその過程は、彼の生の固い芯のなかか、その裏側にあって、われわれがそれをはっきりと目にすることはなかったのである。

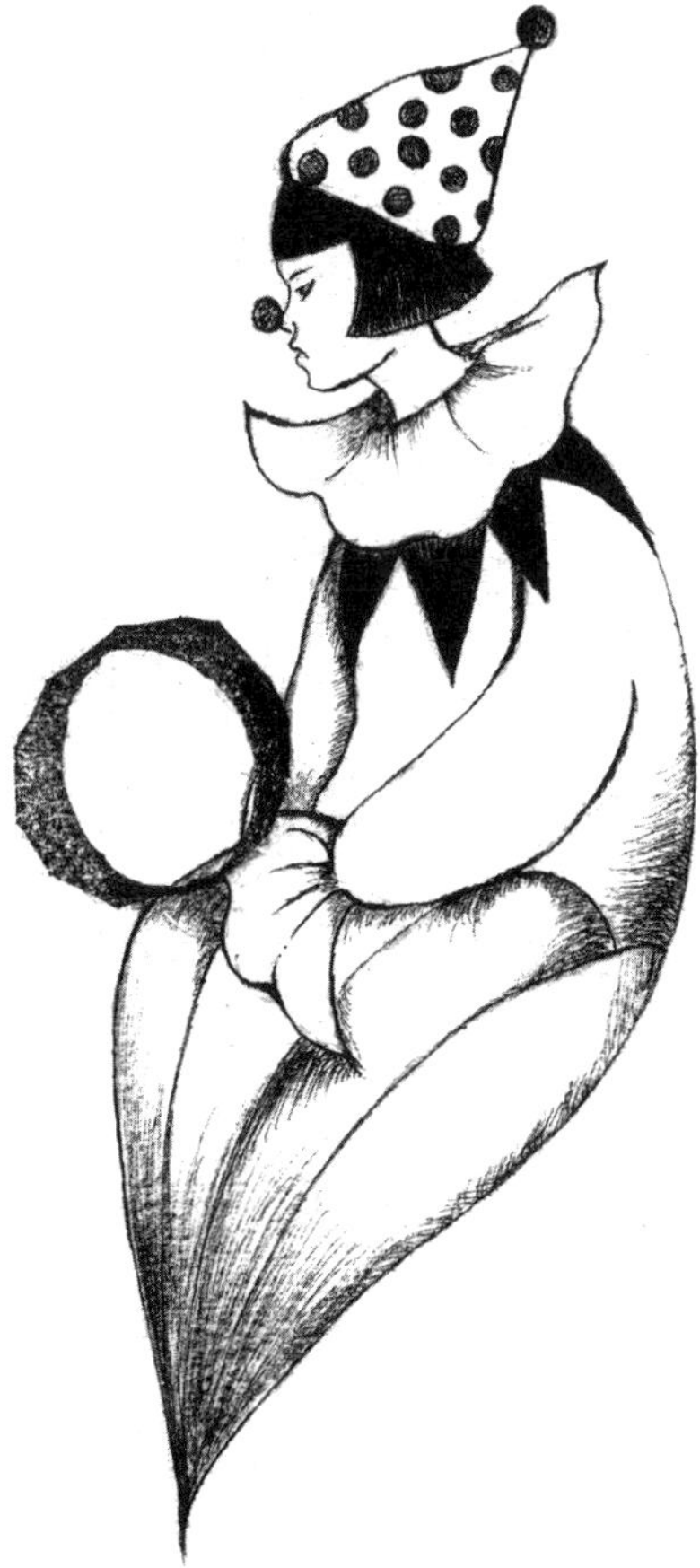

天空の井戸

小野篁

小野篁《おののたかむら》が夜毎地獄へ行くために入った井戸は、波菜ちゃんの部屋から歩いてすぐのところにありました。

五条通りのすぐ上《かみ》、六波羅蜜寺《ろくはらみつじ》の近くに、波菜ちゃんは住んでいました。近くに一筋の細い小道が直角に曲がり込んでいて、昼でも窓の外をのぞいてぼんやりしているような普段着の人以外にほとんど人通りがないのですが、そこを先へ進むと道端にひときわ目立つ変わった大木があります。それを僕たちは京都のバオバブの木と呼んでいました。しばらくするとバオバブの木は誰かによって虐待され、ひどい目にあってすっかり元気をなくしてしまいました。なんとも愚かなことにこの狭い道をほんの少し広げるためだけに植え替えられ、数メートルほど移転させられてしまったのです。以前は元気だったこのバオバブは、静寂の微光をまぶしたようなこの小道の風景にとってなくてはならないものでした。

この道を歩くと、鴨川は近くに感じるだけで見えなかったけれど、いつも永井荷風の「深川の散歩」という作品の冒頭を思い出しました。

「清洲橋をわたつた南側には、浅野セメントの製造場が依然として震災の後もむかしに変らず、かの恐しい建物と煙突とを聳かしているが、これとは反対の方向に歩みを運ぶと、窓のない平い倉庫の立ちつづく間に、一条の小道が曲り込んでいて、洋服に草履をはいた番人が巻煙草を吸いながら歩いている外には殆ど人通りがなく、屋根にあつまる鳩の声が俄に耳につく」。

僕は足を痛めてしまったので、荷風のように長い間ぶらぶら歩きをするわけにはいかなくなっていましたが、そう言えば、荷風もこの随筆に関東大震災によって焼けてしまった銀杏か松の古木のことを書いていました。古木であっても、木は僕たちにとってつねに新しいのです。そういうわけで近所をちょっと一回りしようと思いついてついさっきこの小道を歩いていたら、この陋巷《ろうこう》の、それでも立派に聳える樫の木の間から一瞬遠く潮騒の音を耳にしたような気がしました。京都に海はおろか海の幻想もあるはずがありません。たとえ京都の家々の甍を海の波に見立てて、京都タワーを燈台のごとく建造したとしても、京都にあの不安な海の予感がどこかにわだかまっていることなどあるはずがありません。それはただならぬ予感なのですが、潮騒の音は僕の耳のなかだけにあって、海辺で生まれた僕の、いつも止むことのない耳鳴りなのです。

小さな野良猫が横道の塀の上ですやすや寝ていました。猫はころころ喉を鳴らして、ブラームスの幻想曲みたいな寝息が聞こえていました。通りには、それが未来永劫変わることのない情景であるごとく、今日もまた、人などいまだかつて一度もここを通りはしなかったかのように誰もいませんでした。木陰が黒く、木漏れ日がとても複雑な幾何学模様を道に描いていました。にわかに影がつくる模様は手でつかみたくなるほど黒々としていて、子供の頃に地べたにしゃがんで見ていた、枝で土に描いた絵を思い起こさせました。

三毛猫は夢を見ていました。この昼間を支配しているのは、眠っている猫が見ている夢だけでした。そして僕は昨日気狂い沙汰のあったお茶会にも行かずにそれをじっと眺めていました。いま見えている猫の寝姿だけを見ていたのですが、見えるものが見えないもののなかに透し彫りか象嵌《ぞうがん》のように紛れ込んでいたかもしれません。猫の眠りはその夢と同じようにまるで風船のようにゆっくりと膨張していました。白昼夢の通りで、カゲロウのような影が乾いたままゆらゆら蒸発して、夢かうつつか、すでに三毛猫の夢はたけなわだったのです。僕は通りすがりに猫を見つけたのですが、僕も、それに寝ている猫自身も、猫の夢のなかの登場人物にすぎなかったかもしれません。猫がうるさそうに薄目を開けました。俺がいま夢を見ているところなんだ、ここは俺の縄ばりだ、お前が夢を見るならどこか他処でやってきな、と猫は言いたげでした。

ひとりで波菜ちゃんの部屋にいると、一日がとても長く、夕方、外に出て坂を下りて角を曲がると、しまいには自分のからだも影も伸びてしまい、しばらくすると板塀の続くバオバブの小道を歩いているのかどうかも定かでなくなったり、猫のフンの臭いがする隣の神社の池の泥水から水仙の香りがしたり、ここからは見えるはずもない水の反射が僕の肩にできた小さな青痣になったような気がしたりするのでした。月は出ていなかったのに、空は水に映る鏡のように澄んでいて、空の表面に白い影のような水月がゆらゆらしていました。
昨日は昨日で、波菜ちゃんの家のコンセントと花瓶を壊してしまい、何をやっているのだろうと悲しくなりました。壊れた花瓶を片づけていると、昔、道端でにぶく光る大きな壺を拾ったことを思い出しました。誰かが盗んでそれから捨てたに違いないこの壺は、もう一度拾ってくれと言わんばかりに電信柱の下に捨てられていました。カフカの小説の不思議な登場人物であるオドラデクを思わせました。ピカソの絵「旅芸人の一家」になぜだかひっそりと描かれたあの壺と同じように、黄色がかった乳白色をしていて、落ちている壺はまるで場違いなもので、ピカソによってこっそり描かれたようにしか思えないのです。今日は、雨も降っていないのに夏の雷が鳴っています。

昼も夜も、波菜ちゃんがマーブル染めの腕輪をつくっているとき、ギリシアかどこかの洞窟から晴れ渡った青空が見えるような気がします。彼女はいつも忙しく、ソクラテスは毒杯をあおり、神殿は崩れ落ちたというのに、僕は信じられないような薔薇の文様の下で眠っているみたいなのです。崩れ落ちた神殿の柱のそばに綺麗な白い布が落ちていて、布にはディオゲネスの樽の絵がどこかの軍旗のように描かれています。風が吹くと汗をかいた大理石の柱から花の香りがしてきます。崩れた円柱の上に小鳥が飛んで来て、休んでいます。

波菜ちゃんちの隣の森にも小鳥たちがひっきりなしにやってきます。木々は生い茂り、葉っぱは微妙な色彩を透かしそれを悠々と照り返し、夏のかかりに打ちのめされたみたいに、木々の間から、遠く叫ぶ運動会の歓声のような声が遠くに消えてゆくのが聞こえます。子供の声はとても懐かしい感じがします。今も昔も上洛するよそ者にとって京都はすでに別の街なのです。なんという遠近法なのでしょう。なんという豊かさ、と同時にここには何もないとでもいうように、なんという潔癖さでしょう。不在のまま、そのまま空中にぶら下がり、澱《よど》むことなく一瞬のスナップ写真のように宙づりになったままの昼下がりがあるのです。夕方の陽が射してくると、波菜ちゃんは、目を赤くして宙に浮いたペガサスに思いを馳せ、そこにはいないようなふりをしては、波打つ絨毯《じゅうたん》の上から非在の写真を撮っていました。

この間、波菜ちゃんの家で留守番をしていて、居眠りをしたら短い夢を見ました。足の下のほうに、古典的なほどずっと下のほうに、雲の切れ目が見えて、はげっちょろけのだるまが転がっていました。だるまは転がっていることしかできず、所在なげに片目を剝いているだけでした。僕はびっこを引いているけど、こいつは目が見えません。まるでだるま落としに抵抗するための小さな手足があるかのように、だるまはしばらくばたばたしていましたが、もう落ちかかった太陽の緋色の残照が口の辺りを汚していました。血糊のようにも見えました。そいつが、そのぺったんこの口が、ふうふう言いながら紫色の空気を吸っているのです。

黄色くて白っぽい流動食のような空が雲間から見えました。空から雲が千切れて飛んでゆきます。夏のしじまの奥から轟《とどろ》きのように何かが唸りを上げてゴーゴー鳴っていました。目の前にある本のページから滲《にじ》み出てきた無数の物の怪の影が、空中でもぞもぞと象形文字やら半分崩れた楼閣やらを築いていましたが、やがて光が射してしばらくすると、だるまもろとも消えてしまいました。はっとして目を覚ましたのですが、もう何事もなかったかのように跡形もありません。だけど僕はまだ別の夢のなかに居続けているのです。本が焦げてあちこちに黒い穴があいています。穴から煙虫が這い出て糸をひっきりなしに繰り出しています。目の前にジャウイという魔除けの香の煙がたなびいているみたいでした。でもあれは誰だったのでしょう、窓の外の道端にうずくまり、ボロを纏《まと》った、あの鋭い目をした老人は？　悪魔だったのか……

ちょうどある詩人について仕事をやったばかりだったので、波菜ちゃんにさっきまで彼の話をしていました。彼女は黙って聞いていました。青空を引っぱがしてやるとその少年は言っていましたが、彼はアフリカのじりじり焼かれる太陽の下で、死ぬまで額から汗して働き、諦めのなかで怒り狂っていました。ポケットのなかで握り締めていた冷たい拳も、もうとっくの昔に消えた後でしたが、田舎にいてまだ詩を書いていた頃、少年の彼は夜明けを抱きしめることができると考えていました。

手から、首から、象形文字から、街から、青髭の家から、彼のみずみずしい言葉から、血が流れました。彼の焦燥は激しいものでした。彼はヨーロッパ中の地図を消して歩くようにして、アフリカのアビシニアに辿り着きました。詩はもう書かない。今ではアビシニアは世界地図から消されてしまいました。彼が人質に取られていたことは間違いありません。人質といっても世紀の人質です。誘拐したのは君たちだし、われわれです。それに人質の彼がいつもこっそり覗いていた万華鏡は割れてしまいました。彼はその万華鏡をグローブ座と呼んでいました。まだ子供の面影を残していたのに、彼にはどんな青年もどんな大人もどんな爺さんも幼稚な間抜けに見えたはずです。早すぎた聡明さはある種の決定的な老成だったのです。少年は老人でした。僕も彼に馬鹿にされるようなそんな大人になっているかもしれないと思い、悲しいというより苛立つことがたまにあります。

波菜ちゃんは黒猫二匹といつも一緒です。メスのはにゃ子とオスのイッポです。僕たちが動物を見ているだけではなく、僕たちは動物に見られています。にゃんこのそばでポタージュのコーンが爆発したので、僕たちは茹《ゆ》でた卵を食べることにしました。コロンブスの卵はつねに変性状態にあって、誰のためでもなく誕生以前の姿をしています。卵のお尻を潰してそれを立ててみせるなんてインチキです。何かを明かすためであれ、卵は割られることをそもそも望んではいなかった。最初に事を行った者が偉いのではなく、誰にでもできることなどないのです。

そんなことには無関係と言わんばかりに、にゃんこにはにゃんこの流儀があるようです。仲良しでも、たまに知られざる長い戦いがあります。二匹の黒猫がくるくる回って互いに互いのしっぽを追いかけていると、どちらがはにゃ子でどちらがイッポなのかわからなくなります。彼らは8の字に走り回っています。波菜ちゃんはにゃんこたちにやめなさいと小言を言いながら、それでもにゃんこの駆けっこを嬉しそうに見ています。

貧乏で動物を飼うことのできなかったルネッサンスの画家ウッチェロはたくさん動物の絵を描いていて、それを眺めては考え込んでいました。これらの連中をどうやって戦わせればいいのか。獅子と獅子を？　自分はウッチェロ（イタリア語で小鳥を意味します）なのだから、小鳥はできれば殺さないでほしい。彼の描いた緑の回廊の大作「大洪水」のなかに蒼白い水死体が浮いています。水が引き始めると、土左衛門の目玉を何事もなかったかのように小鳥が啄《つい》ばみににやってきます。この小鳥たちがぜひとも必要なのです。小鳥たちが囀ると空間が生み出されるからです。ウッチェロの描いた鳩が飛び立ったのはノアの箱舟からでしたが、波菜ちゃんの部屋の窓の外をぼんやり眺めていると、決まって隣の鎮守の森でひっきりなしに鳥が囀っているのが聞こえてきます。いつも雨上がりのようなその声をぼんやり聞いているのが僕は好きです。

波菜ちゃんの猫が神隠しにあったことがあります。オスのイッポは部屋のなかにある誰も知らない中空の穴にすっぽりとはまってしまったのでしょうか。ぐるっと一周して、夜と朝の間にある時間のどこかのはざまに落ちたのでしょうか。黒猫だから闇に紛れて朝の光で僕たちには見えなくなっているのでしょうか。それとも彼にしか見えない部屋のなかの秘密の穴蔵でまだじっとしているのかもしれない。彼が帰ってこないと空間はいつまでも壊れたままです。

六波羅蜜寺はもともと踊り念仏の市聖《いちひじり》であった空也が創建した道場が発祥であり、死体捨て場であった鴨川の岸辺から鳥辺野《とりべの》にいたるまで、この界隈はずっと死にまつわる土地でした。界隈一帯、捨てられた死骸の山だったのです。共同性は、それでもこの無数の死によってぐらついていたのか、いなかったのか。踊り念仏なのだから、平安中期には大勢の人たちがこの辺りには屯《たむろ》していたはずでした。彼らはまつろわぬ人々でした。彼らの狂信は見えざる死によって保たれていたのかもしれません。阿鼻《あび》叫喚の死者たち、その時は生きていた踊り狂う人々。そして風化したまま堆積した彼らの膨大な記憶。死の共同体を避けて通ることなどできません。では、死に向かって踊るかのような踊りは、何もしないこと、つまり無為なのでしょうか。無為は死の共同体のなかにあります。踊りは囮《おとり》です。生きているのだから、共同性のなかに囮をしかけねばならない。生は死の囮であり、死は生の囮である。後には叫びと土煙が残されます。これが無為だと言うのなら、長い歴史のなかには無為の囮しかなくなってしまうでしょう。

そのさらに少し前には、このあたりには平家の屋敷が立ち並んでいたと言われています。平家が滅亡する前のことです。平家の武将のために秘密を守った勇敢な高級遊女であった傾城《けいせい》阿古屋《あこや》の塚も六波羅蜜寺にあります。

それでも昼間はとても気さくな人々が行き交う下町なのですが、このあたりにいると僕自身、昔ながらの他愛もない迷信と日常に潜む宿習《しゆじゆう》に安んじていたくなったりします。足の悪い僕はステッキをついているのですが、ある日、中華料理を食べに行こうと思って近くをことこと歩いていると、知らないおじさんが大声で僕を呼び止めました。「あんた、脳梗塞でっかあ？」僕は脳梗塞ではありません。

夜は夜で、深夜には人通りもなく、まっ暗なお堂を覗いていると、じっと動かぬ濃い闇がいまにも何かを訴えかけ、僕を押しつぶしにかかってくるようなのです。ひとりでそこを通るときは、少しの間だけ無闇に闇に耐えてみたりします。これはささやかで危険な遊びであり、ある意味ではちょっとした軽い試練なのです。この闇は重力の霊に満ちていて、時間の重さをもっているだけではありません。この前も、波菜ちゃんと二人で深夜に近くのバーに飲みに行こうと思ってその路地裏を歩いていると、自転車置き場の上に中年のおじさんが浮かんでいたりするのです。「この道、今夜は気持ち悪いね」、波菜ちゃんはそう言っていましたが、僕は空中に浮かんだ中年男のことは黙っていました。

真夏の夜には、花柄のワンピースを着た半透明の女が金網を通り抜けるのが見えたりしました。全身総毛立った僕に夏の夜の幽霊は顔を隠しました。昼間は麝香の香りがしたりもする金網と鉄条網は日光で熱くなったままです。水道局の原っぱに古ぼけた扇子が落ちていて、夏の蔓草に犬の鳴き声がやけにしつこく絡みついていました。きっと緩やかな坂道の下に眠っているに違いない骸骨の形をした亀石。そいつが目に見える気がするのですが、いつかこれが物を言う時が来ます。そう、あの井戸まではあと少しです。当時の京都には疫病が蔓延していて、この辺りが最後の大葬送の地であると言えば、それで事は尽きてしまうのでしょうか。この界隈には清水焼の古い窯の煙突が所々にあるのですが、そんなはずはないのに、昼間に歩いていたりすると僕にはそれが火葬場の煙突に見えてしまうことがあります。

ぐずぐずして早く井戸に行かないからなのか、僕の周りで妙なことが起こり始めました。この前、写真機にさらのフィルムを入れてそのままテーブルの上に放っておいたのですが、そのこと自体をすっかり忘れてしまっていました。しばらくして気になったので写真機を見ると、触りもしなかったのに何枚か新しい写真が撮られているのです。変だなあと思って写真屋に行って現像してもらいました。やはり写真は撮られていました。人は写っておらず、震災後の神戸の僕の部屋だけがぼんやり写されていたのですが、最後の二枚は見たことも行ったこともない部屋でした。

波菜ちゃんの部屋からは若宮八幡宮の森が見えます。神社の奥、社殿の裏手に回ると、苔むした土の香りがします。暗い木蔭がありますす。そこに別れた女の櫛を埋めに行ったひとりの歌人……、いや、これは今日の僕の妄想にすぎません。当の歌人はすでにコカインの常習者でありながら、立派な学者になっていました。でも彼の歌からは上に向かって抜けていく、なよなよとした空気が、神経の先端で火花が消えるように燻《くすぶ》る何かが感ぜられたりします。その何かはものすごく古いものでありながら、ぱりっと新調した女の着物のようなところもあります。そして土のなかに埋葬されたあの王子にはひたひたと腐ってゆく平安がありました。

音域に穴があいたような静寂。そこからざわめきが漏れ聞こえます。きつい西日と遠い喧騒。毎日変化する木漏れ日。暗くなるまでもう数分しかありません。やがて神社の森が途端に巨大になります。東山の反遠近法があるのです。イタリア・ルネッサンスの発明もかたなしです。振動し、ゆっくりと揺れる奥行き。奥行きの不在。これは抽象画ですらありません。誰も見てはいない。誰も見てはならない。そうだった。もう仕事はしない。おしまい。何も書くことがない。にゃんこが二匹部屋のなかを走り回っています。僕はどこにいるのか。何をしているのか。あえて空想のなかに沈み込む。夜が来る。

毎日のように誰かに罵られているような気がします。さっきまでリパッティの弾くバッハを聴いていました。何度もかかってくる未知の電話がまた携帯にかかり、外の電線が燃える幻覚が見えた気がして、心臓が口から出そうになりました。心臓病を患ってもう何年にもなります。この電話はなぜか履歴に残らないし、電話主は存在しないのです。窓の外の樫の木が風もないのに揺れています。今日は鳥もあまり来てくれません。機銃掃射のような音が頭のなかで回転しています。近づいたり遠ざかったり。これは小説の挿話などではありません。

でも、たいていは、ここにいると僕は心穏やかです。指輪を外してコップの水のなかに潜水人形のように浸けてみようか。それは浮き上がるでしょうか。痺《しび》れを切らせて外に出てみると、まだ入道雲が東山の上に見えています。たとえ誰が生き急いでいても、晩夏はなかなか終わろうとしません。

アスファルトが溶けて道の真ん中がゆらゆらしていました。西の空は見えなかったけれど、近くで一斉にクマ蟬がやかましく鳴いていました。六道の辻を少し入ったところ、細い裏道を通せんぼするように半透明の鬼がからだをくねらせ、口から紫色のゲロのようなものを吐き出していました。鬼は背が低く、よく見ると口がありませんでした。どちらへ？　どちらでもないわいな！　ぶしょんという音が顔の横でしました。木々の間から急に顔をのぞかせた西の中空がごーごーと鳴ったかと思いきや、すぐに壺のなかに入ってしまったように静かになりました。見たこともないくらい大きな口をした犬と鋭い緑色の目の野良猫が僕をじっと見ていました。

狭い路地から狭い路地へ夏をぼこぼこにして歩きました。モグラ叩きのように隠れたり現れたり、そいつは裏道から表通りを抜け、あちこちで殴っても殴っても顔を覗かせました。路地のお地蔵さんが笑っていました。遠くから見ると笑っているのに近づくと笑っていないというのは、とても怖い景色です。塀の蔓草が哀れっぽい目で僕を見ていました。藤圭子が死んだので夏も一緒に逝くのかと思ったら、湿っぽい夏は風呂桶の黴のように近くのうどん屋の屋根にへばりついたままでした。僕は汗だくでした。

（……冬が去って春が来る。そうなのか？　俺はどこにいたのか？　あそこは何て陰惨な場所なんだろう。犬神が住んでいる。夜になると、啼き声もないのに、よだれを垂らした犬神が唸りを上げて近づく気配がする。耳がきんきんする。まともな奴ならすぐにわかる。ここは誰からも忘れられた古代のカラスムギ畑、稀代の悪場所なのだ。激しい動悸《どうき》がする。誰もが出て行きたくなるさ、即座に、脇目もふらずに、この世の外ならどこへでもと、おめでたいことに、この世の外に出ることができるとでもいうように。無理だね。またチェット・ベーカーを聞いていた。まだじっと動かない夜の底で。いちばん深く、浮上することのない底がここにはある。俺はその底、その中間層を漂っていた。ああ、しらふではいられねえんだよ、と彼は言う。チェットの晩年のしゃがれ声。その音のない息が凶々しくも甘い耳鳴りのように聞こえる。入歯がはずれる音だってしてるさ。過ぎゆくのは、むき出しの神経の、パルスが飛び去る先の、一本の髪の毛の先端のまたその先の一秒一秒であり、砂嵐の轟音がとぎれた後、何もかもが砂まみれになった荒野にいるように、まさに今消えたばかりの騒音、薄れゆく肉体の大げさな震えが消え去る瞬間だけなのだ。あの日も雨が降っていた。汽車の出発する時間が迫っていた。またしてもどしゃぶりの雨が降っていた。汚れたトレンチコートの襟を立てて、咳が止まらなかった。何かがおもむろに目の前で隆起し、逃げ去るもののなかで息をひそめていた。それが俺の一秒先だった。俺には時間がないと思っていた頃、俺は何もしていなかった。そのまま今でも時間がないと思い続けているのにまだ生き残っている。これで生きているといえるのかどうかよく分からない。俺にはうんざりするくらい時間があると思っていた頃は何をしていてもずっと上の空だった。理由のない悲しみと音楽の軋《きし》みを区別することはできない。両者はそれぞれそれ自体で分裂を続け、融合することはないが、二つは区別できないのだ。窓から強い光が差しているけれど、人生はなんて不快なんだ、と知り合いのミュージシャンははにかみながら言っていた。地獄で喇叭《らっぱ》を吹く豆腐屋はいないんだぜ。立ったまま石の上に腰かけ、逆立ちして空を見ていた。ギャーギャーと鳥の声がした。くすんだ絵のような葬列が通り過ぎる！　空っぽの棺を担いで。お前の耳を膝小僧のように地面に向かって傾けよ。姿はない。影はない。そして像はない。ただ音、音、音だけが、お前の歪んだ骸骨を通して遠くの災厄を思い起こさせるだろう。ただ軋みきった末に膨張した音だけがお前の病んだ心臓を通り抜けたからだ。なんというざまなんだ。どろどろの煙突と鳥居が目の端で大地のなかに轟音を立てながら沈んでいくのが見えた。数百年前の煙が上がり、ビール瓶の栓がふっ飛んだ。一口ビールを口に含んで吐き出した。器と壺と死骸が焼かれ、誰かがそこにいたはずの忘却も灰と化し、お前は後先ない阿呆みたいに塀のそばに突っ立っていた。窓の外では一羽の鳥が雲ひとつない蒼穹に舞い上がり、ページの欠けたダンテの神曲が本棚の上から俺を睨みつけていた。一秒先、一分先、一時間、一日先の分身が息をひそめていた。いや、俺がその半身を探すことはもう金輪際ないだろう……)

(……冬が去ったら、暖かい春が来るのね。憂鬱にならないで。でも朝起きたらすべてが一変していたということもあるわ。何て素敵な美しい日なんでしょう。

あなたといて幸せよ。でも今は違う。そんな風に感じても、とてもまともじゃいられないわ。ここにも鳥が来て、フンをまき散らすの。ビールでも飲みましょうよ。あたしは目をふさいで買い物に行くのよ。吐きそうになるから。あたしにだって我慢できないことがあるわ。黒猫を見てるとね、自分はこんな猫ちゃんがこの世で一番好きなんだと永久にわかってしまうの。仕方ないでしょ。あなたのことは嫌い。恋人なんて冗談でしょ。でも、あたしといてね、もう少しだけ。窓辺がまっ黒けになるまで。焦げた臭いがするわ。毎日がこんなにも幸せだったたって歌が聞こえる。そんなことないのにね。向こうで火の手が上がる。何百年も何千年も前の話。でも今日しかないのよ。またしても歌声が聞こえてる。あたし頑張る。あなたの家の石塀に百日紅《さるすべり》の花が咲いていたっけ。あなたの胸には大きな穴があいているので、あたしは新しい板を釘で打ちつけた。いろいろ大変だったけど、せいせいするわ。もう別れましょう。そのほうがいいでしょ。春の曙、あなたの言ってたあの少年が抱きしめていた白い靄のかかった薔薇色の街。あたしには想像できるわ。すべてが死んだようなの。だから朝が来て、新しい一日が始まるのよ……)

(……夕暮れの風とともに俺をお前の腕に隠しておくれ/トネリコでできた褥《しとね》よ、彗星の尾がつけた焦げ跡が後から後から俺を追いかけてくるのだ/明日になればゞ、火の柱は錆びた送りの鐘に姿を変える/俺は岸辺で水を見つめていた/俺は最後の別れを言おうとして焦げた星たちの天井を見上げた/お前に、お前より早く追いつくためには、そいつを素手でつかむ素ぶりを見せねばならない/空っぽの永遠のなかにいにしえの脱出のバラードが聞こえるのだ/股の間から砂煙に霞む崩壊した町が見える/おお　折れた脚の間で小さく縮んだ街よ/ひとり行く夕暮れのなだらかな丘には涸れ井戸もない/光と暗闇は互いに迫り、やがて燃え出すだろう/もうすぐ夜の帳が降りてきて、空っぽの気層の永遠のなかに俺たちは燻る松明を探すのだ……)

(……自分が物書きであることに途方に暮れるときがある。昨日も今日も一歩も外に出ていない。書く気がしない。西日のなかを鳥が急降下するのが見える。鳥なんかどこにもいないじゃないか。石が落ちてきたのだ。手帖にただ棒を引いているだけの詩人がいた。よしっ。外を見る。雨が降っている。俺は病み上がりなのだ。外で何かが起きている。ほんとうだろうか。何も起きてはいない。煙草を一本。集まった光の底で心臓はまだぎくしゃく動いている。京都は今日も暑かった。火のようなもの、幾つもの人の手のようなものが辻に現れて、行く手を阻む。道はないし、誰も出発しない。死者たちは砂塵にまみれていつまでもぶつぶつ説教を垂れている。道の果てまで続く灌木《かんぼく》、いや、それは軒の低いただの古びた家並みで、青い鳥たちが俺を叱りつけに舞い降りる。天の海原はとても暗い。だめだ、医者や軍隊や芸術家、あれらの有象無象のようには月まで歩いてゆけない。すべてがでたらめだ、空中の燠《おき》よ、恥を知れ。この前は不思議な蛾が飛び回り、楽しい昼だった。戦車が野原で燎原《りょうげん》のように暗く燃え立つとき、若き革命家が水浸しの麦畑のなかで笑い死にだ。すでに過去から無事帰還していた誰かが本を閉じて、もうどうでもいいじゃないかと言った。人はここ以外のどこにもいない。無礼な問いを挟んでも、それでも滑稽な昼だった。宴会はたけなわだった。寄る辺なさはひとしおだ。それはいつもの勝手な道化の言い草にすぎない。チベットの道化師！　お前は何も分っちゃいないのさ。それでもやっぱりさくらんぼの花が咲く頃にはあんなにも生活があったのだ。ついぞ俺はそれを知らない。夕方の薄明かりのなか、水星が獅子座を逆行しつつある。音もなく雨が降っている。剝げた鏡の表面を盗み見る。鏡のなかで何かが少しだけ動く気配がして、歯形のようなものがお前の首筋をかすめる。鏡の表面に吸血鬼の犬歯のような小さな傷がつき、窓の手前で立ち止まったお前の手が小刻みに震え始める。ずっと下の方へ麻ひものようなものが落ちてゆく。抜けた歯がばらばらと落ちてゆく。東北の注連縄《しめなわ》。隣への届け物を頼まれたので、隣の玄関の引き戸を開けた。玄関は暗かった。目の前に嫌な感じのする大きな柱時計があって、横に人物の顔が描かれた古い絵がかかっていたのでぼんやり見ていた。俺ははっとした。目をこすってよく見ると、椅子に腰かけて居眠りしている隣の婆さんだった。怖いので頭を下げて届け物を置いて逃げ出した。

帽子が風に舞って草ぼうぼうの庭の隅にある小さな池に落ちた。外では何もかもが光りすぎてまぶしかった。正視できるものなどなかった。別の日に行くと時計の隣に子供が立っていたので挨拶したら、鏡に映った自分の姿だった……）

その日は雨が降っていました。

六波羅蜜寺のすぐ北に西福寺というお寺があって、中は東北にある小さな山寺のようにとても怖いとしか言いようのない雰囲気なのですが、そのすぐ前に今昔物語にも出てくる幽霊飴屋が今もあります。幽霊が墓場で生んでしまった赤子にお乳をやれないので、夜毎飴を買いに来た店です。その前の通りである松原通りを東へむかって行くと、小野篁ゆかりの六道珍皇寺《ろくどうちんのうじ》があります。この辺りに六道の辻があったはずです。辻の縦の道はいまでは失われて判然としませんが、あるいは縦の道とは地面から上へ垂直に延びる道だったのでしょうか。この十字路を蟹《かに》と一緒に散歩する日は来るのでしょうか。この辺はお盆のメッカなのだから、お盆の迎えの鐘が今でも打たれます。毎年、死者たちの通路が開かれ、彼らを大挙して迎えるのです。波菜ちゃんの家から近いし、六道珍皇寺には以前からずっと行きたかったのに、どうしてなのか何かに阻まれたように、今まで一度も来ることができませんでした。

六道珍皇寺にはあの井戸があります。どんなことがあっても篁が入った井戸を見なければなりませんでした。地獄に落ちたのではなく、篁は地獄に通ったのです。篁が井戸に入ったのは閻魔《えんま》の裁判の補佐をするためだったと古文書には書かれています。魂を裁くのです。井戸を見るものは井戸に見られる。ずっと後に道元和尚もそう言っていました。井戸に落ちる者は井戸が己れに落ちかかり、井戸に落ちられ、落ちることが井戸の全体となる。だが井戸はお前ではない。お前は諸悪ではない。井戸は善ではなく虚空のようだが、お前がそこに落ちることになる水をたたえている。諸法空相。何もないのです。顔を写す水は自在だが、水に写った顔は顔以外の何ものでもなく、また水でしかない。

「今から篁の井戸に行きたいんだけど、一緒に行かない?」

「いいよ。ついに行くのね。じゃあ、今日は仕事休憩」

「……」

その日は何か止むに止まれぬ決心のようなものがありました。なぜだか波菜ちゃんも緊張しているようでした。

小野小町の祖父か父であったかもしれない篁は平安知識人の傑物です。僕は野狂と呼ばれたこの平安の反抗的知識人を敬愛していました。小さい頃の篁は勉強なんかちっともしないで弓馬ばかりやっていましたが、あるとき奮起し猛勉強して官吏になりました。篁は大男だったと言われています。遣唐副使に任ぜられるも、上司である大使藤原常嗣のやり方に腹を立て抗議し、乗船を拒否しました。今度は、篁のつくった宮廷を風刺した漢詩をめぐって嵯峨上皇の逆鱗に触れ、隠岐に島流しになりました。白居易と比べられるほど漢詩に通暁し、書に長け、その文才は京の都では広く人の知るところでした。こんな話が伝わっています。嵯峨上皇がこれをどう読むかと篁に迫りました。そこには「子子子子子子子子子子子子」と書かれてありました。篁はすかさず答えます。「猫の子子猫、獅子の子子獅子」。篁はなんでも知っていました。流罪を解かれて京に戻った篁は最後は参議に任ぜられ、公卿に列せられましたが、病を理由に職を辞しています。言うまでもなく、じつは役人なんか嫌だったのです。篁は平安の世に倦《う》んでいました。

しかりとて背かれなくに事しあればまづ嘆かれぬあな憂《う》世の中（古今集）

わたの原八十島かけて漕ぎ出でぬと人には告げよ海人の釣舟（百人一首）

二つ目の歌は島流しになった身空で詠んだ歌です。
百人一首では、篁は、小野小町、蟬丸に続いて登場します。

花の色は移りにけりないたづらにわが身世にふるながめせし間に（小野小町）

これやこの行くも帰るも別れては知るも知らぬも逢坂の関（蟬丸）

さすが編者の定家です、この順序はよく考え抜かれています。蟬丸は言ってみれば平安時代のビートニクだったからです。

蟬丸は琵琶の名手でした。目の見えない琵琶法師は莫蓙《ござ》の上に座ったままいつも行方知らずでしかありません。行くも帰るも別れてしまった姉である逆髪《さかがみ》との悲しい出会いがありました。姉は狂っていたか、狂っている振りをしていたかです。どこにもない堰。逢坂の関などない。盲目の琵琶法師は咳が止まらないのです。蟬丸がいつものように琵琶を弾いていると、後ろで篠突く雨が降り出しました。茅屋の外で声がする。なかに入れてやると、女が迷子になったと言って泣いています。見えない目でそちらに目をやると、女は蟬丸の前に正座して口から血を滴らせていました。茅屋に血の臭いが充満していました。黙って琵琶法師が弾き続けていると、鬼女の姿は掻き消えていました。あとには何ともいえない花の香りがありました。

そしてその蟬丸の次に登場するのが参議篁なのです。

昼間は官職、夜は閻魔の地獄の裁きの補佐。小野篁は閻魔への助言によって死んだ藤原高藤を生還させたことがあったし、色情の罪で地獄に落とされかかった紫式部を助けたとも伝えられています。北大路に近い堀川通りすぐそばにある篁の墓は紫式部の墓と並んで住宅街のなかにひっそりと今もあります。どう考えても場違いとしか言いようのない夕暮れの二つの土饅頭。この土饅頭を見たとき、周囲の景色とのあまりのちぐはぐさにあたりには鳥の声もしませんでした。そして生きていた頃の小野篁が冥土に行くために入ったのがこの六道珍皇寺にある苔むした井戸なのです。

波菜ちゃんと道を歩きながら、ぼんやりと考えていました。小雨が降っていました。ここからは見えない舞台の上に鞠《まり》がひとつ転がってくる。この幻影のなかで鞠を操っているのはいったい誰なのか。百鬼夜行が通り過ぎた後の篁の舞台、あるいは古びた能舞台。幽霊が三本の引っかき傷をつけた能舞台の床の上を転がる鞠。誰もいない。ああ、これだ！　と僕は思いました。だけどそんな光景を見たわけでもない。篁の時代に能舞台はない。むしろ雨もよいの空が見えているだけでした。青空であれば雲もひとひらの記憶もないけれど、雨は、アルゼンチンのある作家が言うように、いつも過去のなかに降っている。目の前の風景のなかに周囲のぼやけた穴が広がると、冷厳で決然とした真空の空白が顕われ、そのなかにまだ見たこともないはずの井戸が見えるようでした。いや、これは過去の井戸です。僕の過去でもある。京都の街中にこんなに広い空はめったにありません。でも雨が降っている。それから古井戸のなかにからんころんと音を立てて僕の片脚が落ちていく気がする。おい、空中でとぐろを巻いている不届きな煩悶よ、水は干上がり、無数の目玉が外の無数の御幣の陰で僕を睨みつけ、あの崩れ落ちた茅屋の近くに羽虫の死骸がいっぱい落ちていたのだ。

寺の門をくぐると、ほんとうに突然、痩せたおかっぱ頭の男が僕たちの前に現れました。この人は、なんと言えばいいのか、ほんとうに年齢不詳というか、若いのか年寄りなのかわからないのです。人の顔に対するこんな馬鹿げた印象ははじめての経験だったのですが、はっきり言ってどんな顔なのかよくわからないとしか言いようがないのです。見ようによっては、青年のようにも、老人、いや、それよりもっと年寄りに見えたかもしれません。突然、彼の顔につくづく見入ったりしてはいけないという理由のない強迫の気持ちに僕は襲われました。しかも他人の夢のなかに現れたように、なんだか顔のあたりが古い写真のように古ぼけて、ぼやけて見えるのです。

「今日はご開帳でっせえ。ええ日ですなあ。ええお天気でよろしおすなあ」

おかっぱ男は明らかに僕たちを急かしていました。

小雨はまだ止む気配がありませんでしたし、空はぼんやりと明るかったかもしれませんが、けっして良いお天気ではありませんでした。波菜ちゃんも僕も傘をさしたまま狐につままれたような気持ちになっていました。「ええお天気でよろしおすなあ」、おかっぱ男ははっきりそう口したのですが、同時に「あー」とか「うー」という赤ちゃんの喃語を聞いているような気分になっていました。実際には、男は人語をしゃべらなかったのではないか。Tシャツを着てジーパンを履いたこの奇妙な男はいったい何者なのか。

「あそこ、ご開帳でっせ、あそこでっせえ」、
と男は言いました。

おかっぱ男が指差したとおぼしい先のお堂には怒った閻魔の大きな像が安置されていました。隣には容貌魁偉《かいい》な篁の像が突っ立っていましたが、惚れぼれするようなとても立派な風貌です。僕はじっと篁の像に見入ってしまいました。篁は何かを言うだろうか。いや、篁は黙して語らない。格子越しにのぞいてみると、中からは焦げ臭いにおいがか

すかに漂ってきて、広大な夜の底の時間が暗くて狭いお堂のなかに少しずつ広がっていくようでした。

振り返ってみると、もう男の姿はありませんでした。

「あれっ、あの人、どこ行ったの？」、波菜ちゃんが言いました。

「……おかしいなあ……いま後ろにいたよな、本物の狐の嫁入り……」

小雨はまだやんでいませんでした。

「あの人、オドラデクかな……」

僕は何も答えませんでした。井戸から飛び出してきた亡者……


僕たちは本堂へ向かいました。入り口に誰もいないようだったので、奥へ進みました。雨が降っていました。住持の説法はすでに始まっていましたし、みんな和尚の話を聞いていました。混んでいて、人々の頭越しに畳が見え隠れしていました。住職の話は篁を紹介する観光案内のような内容で、僕はお客たちに混じって目の焦点を合わさずに小雨の降るお庭のほうを眺めていました。住職の声がぼんやりと聞こえていました。

「あの篁の井戸を写真で撮ったりしはったら、奇妙なもんが写ったり、カメラが壊れたりしますよって、やめてくだはいね」

僕はこっそり井戸の写真を何枚も撮りました。いい写真でした。篁が地獄に入った井戸は苔むしてひっそりとしていました。もしここに波菜ちゃんも誰もいなければ、中に入ってみたいと思わなかったと言えば嘘になります。でも行儀よくしていました。しかし僕たちはこのお寺にただで入ったことに後で気づきました。今日はご開帳の日で説明つきだから入場料が必要だったのに、僕たちの存在は透明人間のように誰にも気づかれず、素通りでした。

縁側から小さな庭の奥にある井戸が見えました。ああ、井戸だ！　やっと井戸まで来ることができた。空間は縦に割れている。普通、井戸は縦に掘られる。平安時代にはあったはずの六道の辻の縦の道と同じように。いや、いや、そうではなく、天空のほうへむかって掘られた井戸。そうだったのだ。地獄の入り口は苔むし湿り気を帯びていましたが、あのおかっぱ男が言うように、空はよく晴れていたのです。いや、雨が降っていたのに、そこだけが真空地帯のように丸く晴れていました。あの奇妙なTシャツ男の甲高い笑い声が聞こえたような気がしました。その空耳が頭のなかに手術の穿刺《せんし》のように突き刺さりました。その後、僕はお寺の地獄絵図の前で大急ぎで般若心経をあげました。できれば篁に挨拶ができればと思っただけで、僕の読経には何の意味もありません。蟬の鳴き声も聞こえないし、夏の咆哮《ほうこう》もどうにかこうにか消えたに違いありません。波菜ちゃんは機嫌がよかったけれど、黙ったままでした。

井戸を見て、それから目をつむると、文字を燃やす場面が見えた感じがしました。文字から煙が立ち昇る。不逞《ふてい》の輩を迎え入れる煙です。その地獄の井戸の前で、寺にはいないはずの巫女のような女が煙のなかにいて、錆びた刀を振り回していました。よせよ、俺を切ることは絶対にできない、俺は文字なのだから。紙から文字が浮かび上がって焦げ跡だけが雨に濡れています。女が纏っていたのは呪いのように麝香の香りのする古い着物でした。袖を通した途端に消え失せる手首。煙のなかの女……

縁側でとどめられていた僕たちは井戸までは行くことはできなかったのに、遠くから見やると、井戸の前に小さな女の子がしゃがんでいるような気がしました。泣いているみたいなので、「冷やしていた俺の西瓜は？」って聞くと、もう食べたと言います。彼女の顔が雨と涙で涼しげなせせらぎみたいになって、モアレのようにちょうど光が複雑に反射しておりました。顔は雨と涙でできた小川の流れによって、三つに割れて、かつて京都の西往寺に安置されていたと言われる宝誌和尚立像の木でできた顔のように、顔が三つ、目が四つになっていました。両側にある、左右片側だけの二つの顔の真ん中に小野篁の顔がありました。小さな女の子の顔はいつのまにか消えていました。僕が小石を拾って井戸に放り込むと、実際には投げてもいないのに、小石はいい音を立てて落ちていきました。からん！　ころん！

「おお、私は涸れた井戸のなかにあなたの名を呼んだ。カラボンの谷間では、すべての巴旦杏《はたんきよう》が花をつけている。あなたはそこにいる、サドよ」。

ジルベール・レリーという人が書いた「堅琴の城」という詩の断片を思い出していました。とにかく井戸がそこにあればそれでよかったのです。ボンニューの山並みの向こうで、半ば崩れた堅琴の城は鳥辺野のように夕日を浴びていたに違いありません。

足が悪いので、僕は素早く靴を履けません。僕は別のことを考えていました。カラボンの谷間ではきっと鳥が呑気に囀っていたのだろう……。寺の玄関でぐずぐずと靴に手こずっていると、破顔の芦屋小雁がにこにこ後ろに立っておりました。子供がそのまま年老いてしまったようなかんばせでした。顔の後ろに彼の描いた幽霊画が見えていました。テレビで何度も見たことがあったので、僕にはコメディアンで俳優の芦屋小雁だということが一目でわかりました。波菜ちゃんがわかっていたかどうかは知りません。

「はよう、お帰りで」、

芦屋小雁が僕に言いました。

「あ、はい……」

「さいなら」

波菜ちゃんと僕は顔を見合わせました。どちらかといえば、むしろ自分の顔を曇った鏡で見たようにはっとして顔を背けたのかもしれません。

波菜ちゃんは、さっきまで箸が転んでも笑う小娘のように笑っていましたが、すぐに笑うのをやめて真顔になりました。

足元に濡れた病葉《わくらば》が二、三枚落ちていました。

山門まで来ると、雨はすっかりやんでいました。

表通りに出ようとした途端、はっとしました。おかっぱ男の「あー、うー」という喃《なん》語《ご》がまた聞こえたような気がしたのです。


平安初期の公卿であり文人であった小野篁は当代きっての知識人であった。それは平安の世にあって人も広く知るところであったらしい。筆者にとっても篁は反抗的知識人の鑑のような人である。このことは、言うまでもなく、彼が夜毎閻魔の補佐をやっていたという伝説によってさらに強化されなければならない。中世イタリアの詩人ダンテもまた、一三〇〇年四月八日金曜日夕刻に生きたまま地獄への旅に出発したが、さすがのダンテも地獄の補佐をやることはなかった。

跋

作家もまた外を歩いたりする。しかし彼がよく見えないことがある。彼は一種の不可視性であり、透明人間のように振舞ったりする。いや、振る舞うのではない。そうなってしまっているだけである。アンドレ・ベルノルドというベケットの若い友人が書いた美しいベケット論はそんな条りから始まっていたが、ベケットに限らず、歩いているときだけでなく、何かものを書いているとき、彼はどこにいるのだろう。彼は見えない紙の上を歩いている。

あるいはまた、強迫観念のように街角に佇む人がいる。老作家は死の恐怖に取り憑かれているが、「私は死なない」と独り言を呟いていたりする。陽射しは強い。空は青い。空気は乾いている。正午を少し過ぎた頃である。彼がその言葉を書くことはきっとないだろう。彼は嘘をついているのであろうか。

この小説集で取り上げた作家たちに私は会ったことがない。現前するもののなかにはいつも不在がある。またその逆も。作家たちは自分の作品から出たり入ったりする。私もまた同じである。急いで、それとも鷹揚にそれをやり遂げねばならない。そいつは私であって私でない。

離人。近すぎるものは遠ざかる。彼らは遠くの国にいながら、彼ら自身から離れ、私は私から離れる。そうであれば、書くことによって誰が誰から離れたのであろうか。雨が上がって、外で小鳥が囀っている。どこかでそれを聞いている人がいる。離れた人は元の人と一致しているのであろうか。元の人はそもそもいたのであろうか。

編集部の中村健太郎さんには企画の段階からお世話になった。中村健太郎さんと幻戯書房に衷心より感謝申し上げたい。そして表紙絵と挿絵を描いてもらった二階堂はなさん、装幀してもらった納谷衣美さんに感謝！

二〇一九年七月

【著者略歴】

鈴木創士 ［すずき・そうし］

一九五四年、神戸生まれ。フランス文学者、作家、ミュージシャン。著書に、『アントナン・アルトーの帰還』『ザ・中島らも らもとの三十五光年』（以上、河出書房新社）、『魔法使いの弟子 批評的エッセイ』『サブ・ローザ 書物不良談義』（以上、現代思潮新社）、『ひとりっきりの戦争機械 文学芸術全方位論集』（青土社）、『分身入門』（作品社）など。訳書に、エドモン・ジャベス『問いの書』『ユーケルの書』『書物への回帰』（以上、水声社）『歓待の書』（現代思潮新社）、フィリップ・ソレルス『女たち』（せりか書房）、アントナン・アルトー『演劇とその分身』『ヘリオガバルスあるいは戴冠せるアナーキスト』『神の裁きと訣別するため』『アルトー後期集成3』、ボリス・ヴィアン『お前らの墓につばを吐いてやる』、ジャン・ジュネ『花のノートルダム』、アルチュール・ランボー『ランボー全詩集』（以上、河出書房新社）ほか。

離《り》人《じん》小《しょう》説《せつ》集《しゅう》

二〇二〇年二月二二日 第一刷発行

著者 鈴木創士

発行者 田尻 勉

発行所 幻戯書房

郵便番号一〇一-〇〇五二

東京都千代田区神田小川町三-十二 岩崎ビル二階

電話 〇三（五二八三）三九三四

FAX 〇三（五二八三）三九三五

URL http://www.genki-shobou.co.jp/

印刷・製本 美研プリンティング

ISBN 978-4-86488-190-6 C0093